KB189699

인간 실격

세계교양전집 9

인간 실격

다자이 오사무 지음
임지인 옮김

올리버

다자이 오사무太宰治

• 차례 •

서문

나는 그 남자의 사진 석 장을 본 적이 있다.

한 장은 그 남자의 유년기라고 해야 할까. 열 살 전후로 추정되는 시기의 사진인데, 여자 여럿에게 둘러싸여(그 아이의 가족이나 친척인 누나들, 여동생들로 짐작된다) 정원 연못가에 굵은 줄무늬 하카마(일본 전통 의상 중 하나로, 하반신에 착용하는 주름 잡힌 바지-역주)를 입고 섰는데, 고개를 삼십 도쯤 왼쪽으로 기울이고 추비하게 웃고 있는 사진이다. 추비하게? 하지만 예민하지 않은 사람들(즉, '미'와 '추'에 무감한 사람들)은 아무렇지 않다는 듯한 얼굴로 "귀여운 도련님이네요"라고 인사치레로 말하더라도 아주 빈말로 들리지 않을 만큼, 말하자면 통속적인 뜻의 '귀여움' 같은 흔적이 그 아이의 웃는 얼굴에 없진 않다. 그러나 조금이라도 '미'와 '추'에 대한 훈련을 거쳐온 사람이라면 잠깐 보자마자 "참 거북한 애로군" 하고 몹시 불쾌한 듯 구시렁대면서 털벌레라도 털어

내는 듯한 손짓으로 사진을 내던질지 모른다.

정말이지 자세히 보면 볼수록, 그 아이의 웃는 얼굴에는 어쩐지 종잡을 수 없는 거북하고 으슥한 기운이 서려 있다. 애초에 그건 웃는 얼굴이 아니다. 이 아이는 조금도 웃고 있지 않다. 그 증거로 이 아이는 두 주먹을 불끈 쥐고 서 있다. 인간은 주먹을 꽉 쥐면서 웃을 수 있는 족속이 아니다. 원숭이다. 원숭이가 웃는 얼굴이다. 그저 얼굴에 추비한 주름을 만들고 있을 뿐이다. '주름살 부자 도련님'이라고 부르고 싶을 만큼 하여간 괴상한, 그러면서도 어딘가 불결하고 괜히 사람을 벌컥 화나게 하는 표정의 사진이었다. 나는 이제껏 이토록 불가사의한 표정을 짓는 아이를 본 적이 단 한 번도 없다.

두 번째 사진 속 얼굴은 이 또한 깜짝 놀랄 만큼 심하게 변했다. 학생의 모습이다. 고등학교 시절인지 대학 시절인지는 분명치 않으나, 어쨌든 까무러칠 정도로 미남인 학생이다. 그러나 이 또한 얄궂게도 살아 있는 인간이라는 느낌이 들지 않는다. 교복 가슴 주머니에 하얀 손수건을 살짝 엿보이게 꽂아놓고 등나무 의자에 걸터앉아 다리를 꼬고는 역시 웃고 있다. 이번 웃음은 주름 가득한 원숭이의 웃음이 아니라 썩 노련미 있는 미소를 띠고 있지만, 인간의 웃음과는 어딘가 다르다. 피의 무게랄까 생명의 엄중함이랄까, 그런 충실감은 조금도 없고, 그야말로 새처럼 아니 깃털처럼 가볍게, 백지 단 한 장의 무게만큼 웃고 있다. 하나부터 열까지 만들어낸 느낌이다. 우쭐댄다는 말로도 부족

하다. 경박하다는 말로도 부족하다. 요염하다는 말로도 부족
하다. 세련됐다는 말로도 물론 부족하다. 더구나 가만히 보고
있으면 미남인 이 학생에게서도 어딘가 괴담 같은 섬뜩한 기운
이 느껴진다. 나는 이제껏 이토록 불가사의한 미모의 청년을 본
적이 단 한 번도 없다.

  나머지 사진 한 장이 가장 괴기하다. 이제는 도통 나이를 종
잡을 수가 없다. 머리는 어느 정도 백발로 보인다. 몹시 구지레한
방(벽이 세 군데 정도 헐려 무너진 모습이 그 사진에 선명히 찍혀 있다)
한구석에서 작은 화롯불에 양손을 쬐고 있는데 이번에는 웃지
않고 있다. 어떠한 표정도 없다. 말하자면 화로 가까이에 앉아
양손을 쬐면서 자연스럽게 죽어 있는 듯한, 정말이지 혐오스러
운, 불길한 냄새가 훅 나는 사진이었다. 괴기한 점은 그뿐만이 아
니다. 그 사진에는 유난히 얼굴이 크게 찍혀 있어서 나는 남자의
이목구비를 자세히 살펴볼 수 있었는데, 이마도 평범하고, 이마
주름도 평범하고, 눈썹도 평범하고, 눈도 평범하고, 코도 입도
턱도 평범했다. 아아, 이 얼굴에는 표정뿐 아니라 인상조차 없다.
특징이 없는 것이다. 예컨대 내가 이 사진을 보고 눈을 감는다
면. 나는 그 얼굴을 기억해낼 수 없다. 방 벽과 작은 화로는 떠올
릴 수 있건만 그 방 주인공의 얼굴 인상은 안개처럼 휙 사라져서
아무리 애써도, 어떻게 해도 떠올릴 수 없다. 좋은 그림이 될 수
없는 얼굴이다. 만화고 뭐고 아무것도 안 되는 얼굴이다. 눈을
뜬다. 아, 이런 얼굴이었지. 생각났다! 이런 환희조차 없다. 극단

적으로 말하면 눈을 뜨고 그 사진을 다시 본들 떠오르지 않는
얼굴이다. 그렇게 까닭 없는 불쾌감과 초조함에 나도 모르게 그
만 눈길을 돌리고 싶어진다.

　하물며 '죽은 사람 얼굴'이라는 것에도 좀 더 표정이나 인상이
라는 게 있을 터인데, 인간의 몸에 짐을 실어 나르는 말 머리라
도 갖다 붙이면 이런 느낌이 들까. 아무튼 딱 어디라고 짚을 수
는 없지만 보는 이를 소름 돋게 하고 불쾌하게 한다. 나는 이제
껏 이런 불가사의한 남자의 얼굴을 본 적이, 역시 한 번도 없다.

첫 번째 수기

　남부끄러운 적이 많은 일생이었습니다.

　저에게 인간의 삶이란 가늠할 수 없는 것입니다. 저는 도호쿠 지방(일본 혼슈 동북부 지방으로 아오모리현, 미야기현, 후쿠시마현 등 여섯 현의 총칭-역주)의 한 시골에서 태어난 터라 열차를 처음 본 건 제법 어른이 된 후였습니다. 정거장의 보도 육교를 오르고 내리면서 그 다리가 선로를 건너다니기 위해 지어진 줄은 전혀 모른 채, 마냥 정거장 구내를 외국의 놀이 시설처럼 얼기설기 재미있게, 서양식으로 보이려고 설치한 것이라고만 생각했습니다. 심지어 꽤 오랫동안 그렇게 생각하고 있었습니다. 육교를 오르락내리락하는 일이 저에게는 오히려 아주 세련된 놀이로 느껴졌을 뿐 아니라 철도 서비스 중에서도 가장 기발한 서비스의 하나라고 여겼습니다. 그러다 한참 후에 순전히 승객들이 선로를 건너다니기 위해 만든 극히 실리적인 계단일 뿐이라는 사실을 발견하고 순식간에 홍이 다 깨졌습니다.

또 저는 어렸을 때 그림책에서 지하철도라는 것을 보고 이 역시 쓸모와 필요에 맞게 고안된 게 아니라, 지상에 있는 차를 타기보다는 지하에 있는 차를 타는 편이 특별하고 재미있는 놀이니까, 이렇게만 생각했습니다.

저는 어려서부터 몸이 약해 누워 지내다시피 했습니다. 그렇게 누워 있으면서 요라든가, 베개라든가, 이불이라든가, 그런 것의 커버를 정말 대수롭지 않은 장식으로만 여기다 뜻밖에도 실용품이라는 사실을 스무 살 무렵에 겨우 깨닫고는 인간의 검소함에 암담해져 슬퍼지기도 했습니다.

또 저는 공복감이라는 것을 알지 못했습니다. 아니, 이 말은 제가 의식주 걱정이 없는 집에서 자랐다는 뜻이 아니라, 그런 일차원적인 뜻이 아닌, 저로서는 '공복감'이라는 감각이 어떤 것인지 도통 이해할 수 없었다는 뜻입니다. 이상하게 들릴 수도 있지만, 배가 고파도 스스로 알아차리지 못했습니다. 초등학교, 중학교 때 제가 학교에서 돌아오기만 하면 주위 사람들이 "얘, 배고프지? 우리도 그랬어. 학교 갔다 돌아왔을 때 느끼는 공복감이란 정말이지 지독하니까. 아마낫토(콩류를 달게 졸여 설탕에 버무린 과자-역주) 먹을래? 카스텔라나 빵도 있는데"라고 말하며 야단법석이어서 저는 분위기를 잘 파악하는 타고난 재주를 발휘해 배고프다 구시렁대면서 아마낫토 열 알 정도를 입에 집어넣곤 했습니다. 하지만 공복감이 어떤 것인지 조금도 이해하지 못했습니다.

　물론 저 역시 먹을 때는 많이 먹는 편이지만 그렇다고 공복감 때문에 음식을 먹은 기억은 거의 없습니다. 새로워 보이는 것을 먹었습니다. 호화로워 보이는 것을 먹었습니다. 또 딴 집에 갔을 때 내주는 음식은 억지로라도 대부분 먹었습니다. 그래서 어린 시절 저에게 가장 고통스러운 시간은 바로 우리 집에서 밥을 먹을 때였습니다.

　제가 살던 시골집에서는 열 명쯤 되는 가족 개개인의 밥상을 두 줄로 마주 보게끔 차렸습니다. 막내인 저는 당연히 맨 끝자리였고, 식사하는 그 어스름한 방에서 점심을 먹을 때면 십여 명의 가족이 그저 묵묵히 밥만 먹는 광경에 늘 으스스한 기분을 느껴야만 했습니다. 더군다나 옛 기풍을 지키는 시골집이라 반찬도 대강 정해져 있어서 새로운 것, 호화찬란한 것, 그런 음식은 애당초 바랄 수도 없었기에 저에게는 식사 시간이 줄곧 공포로 다가왔습니다. 그 어스름한 방 끝자리에서 한기에 와들와들 떠는 심정으로 밥을 조금씩 입으로 옮기고 밀어 넣으며 인간은 왜 하루 삼세번 밥을 먹는 걸까, 정말이지 다들 엄숙한 얼굴로 밥을 먹는구나, 이것도 일종의 의식 같은 거라 온 가족이 하루 삼세번 시간을 정해 어둑한 방 한 칸에 모여 올바른 순서로 개개인의 밥상을 차리고 먹기 싫어도 말없이 밥을 씹으며 고개를 숙이는 건 어쩌면 온 집 안에 움실거리는 혼령들에게 기도하기 위한 걸지도 몰라, 이렇게 생각한 적이 있을 정도였습니다.

밥을 먹지 않으면 죽는다는 말은 그저 어설픈 공갈처럼 들렸습니다. 하지만 그 미신은(어째 여전히 미신으로 느껴집니다만) 늘 저에게 불안과 공포를 안겨주었습니다. 인간은 밥을 먹지 않으면 죽으니 밥을 먹기 위해 일해야 한다. 그러니까 일하기 위해서는 밥을 먹지 않으면 안 된다는 말만큼 저에게 난해하고 복잡한 데다 협박 섞인 울림으로 느껴지는 말은 없었습니다.

한마디로 저는 인간의 세상살이라는 걸 여태 통 이해하지 못했다는 말이 될 것 같습니다. 제가 생각하는 행복이라는 개념과 세상 모든 사람이 생각하는 행복이라는 개념이 아주 어긋나 있는 듯한 불안, 저는 그 불안 때문에 매일 밤 뒤척이고 신음하다 하마터면 발광할 뻔한 적도 있습니다. 저는 과연 행복한 걸까요? 어릴 때부터 걸핏하면 행복한 사람이라는 소리를 들었지만 막상 저는 늘 지옥을 겪는 듯했고, 오히려 저를 행복한 사람이라고 말하는 사람들 쪽이 비교도 안 될 만큼 훨씬 더 안락한 듯 보였습니다.

저에게는 박복 더미가 열 개 있는데, 그중 하나를 옆 사람이 떠안는다면 그 하나만으로도 너끈히 그 사람을 파멸로 몰아갈 거라고 생각한 적도 있습니다.

요컨대 저는 모르겠습니다. 주위 사람이 겪는 괴로움의 성질과 정도를 도통 가늠할 수 없습니다. 현실적인 괴로움, 그저 밥을 먹으면 그걸로 해결되는 괴로움, 그러나 그것이야말로 가장 지독한 고통이어서 제가 가진 열 개의 박복 따위는 싹 날아갈 정도로 처참한 아비지옥일지도 모르지만, 그건 알 수 없습니다. 하지만 그렇다고 하기엔 용케 자살도 하지 않고 발광도 하지 않으면서 정치를 논하고 절망하지 않고 굴하지 않으면서 삶을 위한 투쟁을 이어가다니, 괴롭지 않다는 뜻 아닐까? 완전히 에고이스트가 되어, 심지어 그걸 당연한 것이라 확신하면서 한 번도 자신을 의심한 적이 없는 게 아닐까? 그렇다면 속 편할 테지. 하지만 인간이란 모두 그런 종족이니 그건 그것대로 더할 나위 없는 게 아닐까? 모르겠다……. 저녁에는 푹 잠들고, 아침에는 상쾌할까? 어떤 꿈을 꿀까? 길을 걸으며 무얼 생각할까? 돈? 설마 그것만 생각하지는 않겠지. 인간은 밥을 먹기 위해 산다는 구절을 들어본 것 같지만, 돈을 위해 산다는 말은 들어본 적이 없다. 아니, 하지만 경우에 따라서는…… 아니, 그것도 모를 일이지……. 곰곰이 생각하면 할수록 점점 더 알 수 없어졌고, 혼자만 아주 별난 사람인 듯 느껴져 불안과 공포에 바들바들 떨 뿐입니다. 저는 주위 사람과 대화를 거의 나누지 못합니다. 무엇을 어떻게 말해야 좋을지 모르기 때문입니다.

그래서 생각해낸 묘안이 광대였습니다.

그건 인간에 대한 저의 마지막 구애였습니다. 저는 인간을 극도로 두려워하면서도 인간을 아무래도 떨쳐버릴 수 없었나 봅니다. 그렇게 저는 이 광대라는 한 가닥 연결 고리로 간신히 인간과 이어질 수 있었습니다. 겉으로는 늘 웃는 얼굴을 만들면서도 속으로는 필사적으로, 그야말로 천 번에 한 번 성공할까 말까 하는 위기일발의 진땀 빼는 서비스였습니다.

저는 어릴 때부터 가족들조차 그들이 얼마나 괴롭고, 또 무슨 생각을 하며 사는지 도통 짐작도 할 수 없어서 그저 두려웠고 그 어색함을 견딜 수 없어 일찌거니 고단수 광대가 되어 있었습니다. 즉, 저는 언제부터인가 한마디도 정직하게 말하지 않는 아이가 되었습니다.

그 무렵 가족들과 함께 찍은 사진 같은 걸 보면, 다른 사람들은 다들 진중한 얼굴을 짓고 있는데 꼭 저 혼자 괴상하게 얼굴을 찡그리며 웃고 있습니다. 이 또한 저의 유치하고 슬픈 광대 노릇 중 하나였습니다.

또 저는 식구들에게 무슨 말을 들어도 토를 다는 법이 없었습니다. 가벼운 꾸중일지라도 저에게는 날벼락처럼 세차게 느껴져 미쳐버릴 것만 같았습니다. 그래서 토를 달기는커녕 그 꾸중이야말로 이른바 만세일계萬世一系(일본 천황의 혈통이 한 번도 단절된 적 없이 오랜 세월 이어져온 것처럼 영원불변하다는 뜻-역주), 인간의 '진리'임에 틀림없다, 나는 그 진리를 따를 여력이 없어서 더는 인간과 함께 살 수 없는 게 아닐까, 그렇게 믿어버렸습니다. 그러므로 저는 갑론을박도 자기변명도 할 수 없었습니다. 다른 사람이 저를 나쁘게 말하면 그렇다, 지당하다, 혼자 엄청난 착각을 하고 있었다는 생각에 항상 그 공격을 묵묵히 받아들이면서 내심 미칠 것만 같은 공포감을 맛보았습니다.

남에게 비난받거나 혼이 나서 기분 좋을 사람이 어디 있겠냐

마는, 저는 화내는 인간의 얼굴에서 사자보다도 악어보다도 용보다도 훨씬 더 무서운 동물의 본성을 봅니다. 평소에는 그 본성을 감추고 있다가 어떤 계기로, 가령 소가 들판에서 한껏 평온하게 누워 있다가 불시에 꼬리를 탁 때려 배에 앉은 등에를 때려 죽이듯 돌연 인간이 살벌한 정체를 분노로 터뜨리는 모습을 보면 저는 으레 머리털이 곤두설 정도로 전율을 느꼈습니다. 그리고 이 본성 또한 인간이 살아가는 데 필요한 자격 중 하나일지도 모른다는 생각이 들어 제풀에 속수무책으로 절망감을 느꼈습니다.

인간에 대한 공포로 늘 벌벌 떨면서, 또 인간으로서 자신이 하는 말과 행동에 손톱만치도 확신을 갖지 못한 채 혼자만의 번뇌는 가슴속 작은 상자에 감춰두었습니다. 그렇게 우울이니 신경쇠약이니 하는 감정은 꼭꼭 숨기면서 오로지 천진하고 낙천적인 성격인 양 가장하다 보니 저는 점차 우스꽝스러운 괴짜로 완성돼갔습니다.

뭐든 좋으니 웃기기만 하면 된다, 그렇게 하면 인간들은 내가 그들이 통설적으로 말하는 '삶' 밖에 있어도 크게 신경 쓰지 않으리라, 아무튼 인간들 눈에 거슬려서는 안 된다, 나는 존재하지 않는다, 바람이다, 허공이다, 하는 상상만 쌓여갔습니다. 그래서 광대 짓을 하며 가족을 웃기고, 가족보다 더 난해하고 무서운 머슴과 하녀한테까지 필사적인 광대 서비스를 했습니다.

저는 여름이면 유카타(목욕 후나 여름에 입는 간편한 일본 전통 의

상-역주) 안에 빨간 털실로 짠 스웨터를 입고 복도를 거닐며 집 안사람들을 웃겼습니다. 어지간해선 웃지 않던 큰형도 그걸 보고는 웃음을 터뜨리며 "얘, 요조야, 안 어울린다" 하고 귀여워 견딜 수 없다는 투로 말했습니다. 아니, 저도 한여름에 털실로 짠 스웨터를 입고 다닐 정도로 더위와 추위도 분간 못 하는 괴짜는 아닙니다. 누나의 기다란 털양말을 양팔에 끼워 유카타 소매 끝자락 사이로 보이게 해서 스웨터를 입은 것처럼 가장한 것입니다.

아버지는 도쿄에 용무가 많은 사람이라 우에노 사쿠라기에 별장을 지어놓고 달에 보름 넘게 그 별장에서 지냈습니다. 그리고 돌아올 때는 가족부터 친척에게까지 줄 많은 선물을 사 들고 오는 것이, 뭐 어떻게 보면 아버지의 취미 같은 것이었습니다.

아버지가 도쿄로 떠나기 어느 전날 밤, 아버지는 자식들을 응접실에 한데 모아놓고 이번에 자기가 돌아올 때는 어떤 선물을 갖고 싶은지 한 명 한 명에게 웃으면서 묻고는, 그에 대한 자식들의 대답을 일일이 수첩에 받아 적었습니다. 아버지가 이토록 자식들과 정답게 구는 건 드문 일이었습니다.

"요조는?"

아버지가 묻자, 저는 그만 웅얼거리고 말았습니다.

무얼 갖고 싶으냐 물으면 돌연 아무것도 갖고 싶지 않아집니다. 뭐든 상관없다, 어차피 나를 즐겁게 해줄 수 있는 것 따위는 없다는 마음이 설핏 생겨나기 때문입니다. 그와 동시에 남이

주는 것은 아무리 제 취향과 맞지 않더라도 거절할 수 없었습니다. 싫어하는 것을 싫다고 말하지 못하고, 또 좋아하는 것도 조심조심 훔치듯 매우 쓰라리게 맛보며 그렇게 형언할 수 없는 공포감에 끙끙거렸습니다. 한마디로 저는 둘 중 하나를 고르는 힘조차 없었습니다. 이것이 훗날에 이르러 소위 '남부끄러웠던 적이 많은 일생'의 중대한 원인이 되는 성격 중 하나였던 것 같습니다.

제가 암말 없이 머뭇대고 있으니 아버지는 약간 못마땅해하는 얼굴이 되었습니다.

"역시 책이냐? 아사쿠사 센소지 상점가에 정월 사자춤(새해맞이 액막이로 재난을 막고 복을 기원하는 목적을 가지고 사자탈을 쓰고 추는 춤-역주) 출 때 쓰는 그 사자탈, 아이들이 쓰고 놀기에 좋은 작은 크기도 팔던데, 갖고 싶지 않으냐?"

갖고 싶지 않으냐는 말을 들으면 말짱 헛일입니다. 우스꽝스러운 대답이고 뭐고 아무것도 할 수 없습니다. 광대 역할은 낙방입니다.

"책이 좋겠지요."

큰형은 진중한 얼굴로 말했습니다.

"그러냐."

아버지는 흥이 다 깨진 얼굴로 적지도 않고 수첩을 탁 덮었습니다.

이것 참 낭패다, 아버지를 화나게 하다니. 아버지의 앙갚음은 분명 무시무시할 텐데 늦기 전에 어떻게든 만회할 수 없을까 하고 그날 밤 이불 속에서 와들와들 떨며 고심한 끝에 살그머니 일어나 응접실에 갔습니다. 아버지가 수첩을 넣어둔 책상 서랍을 열고 수첩을 꺼내 차락차락 넘기며 선물 요청 목록 페이지를 찾아내 수첩용 연필에 침을 발라 '사자춤'이라고 쓴 뒤 다시 자러 갔습니다. 저는 그 사자춤의 사자탈은 조금도 갖고 싶지 않았습니다. 오히려 책이 더 좋았습니다. 하지만 아버지가 그 사자탈을 저에게 사주고 싶어 한다는 것을 깨닫고 아버지 의향에 맞춰, 아버지 기분을 풀어주기 위해 한밤중에 총총히 응접실에 잠입하는 모험을 굳이 무릅썼던 겁니다.

그렇게 저의 비상 수단은 과연 바람대로 대성공이라는 결과로 돌아왔습니다. 저는 이윽고 아버지가 도쿄에서 돌아와 어머니에게 목청 높여 하는 말을 우리 방에서 듣고 있었습니다.

"상점가 장난감 가게에서 이 수첩을 펼쳤더니 이봐, 여기에 사자춤이라고 쓰여 있는 거 아닌가. 이건 내 글씨가 아니거든. 뭐지? 하고 고개를 갸웃거리다 보니 짚이는 구석이 있더군. 이건 요조가 한 짓일세. 내가 물을 때는 야릇한 웃음을 흘리며 아무런 말도 안 하더니 나중에야 사자탈이 갖고 싶어 안달이 났던 모양이야. 하여간 저 녀석은 별난 놈이라니까. 시치미를 뚝 떼더니 야무지게 써뒀단 말이지. 그렇게나 갖고 싶었으면 그렇다고 말하면 될 것을. 장난감 가게 앞에서 어찌나 웃음이 나던지. 요조를 어서 이리로 불러주게."

한편 저는 머슴과 하녀들을 서양식 방에 불러 모아 머슴 한 명에게 되는대로 피아노 건반을 치게 하고는(시골이었지만 그 집에는 웬만한 물건이 다 갖추어져 있었습니다) 그 얼렁뚱땅 곡에 맞춰 인디언 춤을 추어 모두의 웃음보를 터뜨렸습니다. 둘째 형은 플래시를 켜가며 제 인디언 춤을 촬영했는데, 인화한 사진을 보니 허리에 두른 천(인도 기하학적 무늬를 물들인 보자기였습니다)을 묶은 틈새로 쪼그만 고추가 보여서 그게 또 온 집안의 웃음거리가 되었습니다. 저로서는 이 또한 뜻밖의 성공이라고 할 만한 일이었습니다.

저는 매달 신간 소년잡지를 열 권 넘게 구독했습니다. 잡지 외에도 오만 가지 책을 도쿄에서 주문해 묵묵히 읽었기 때문에 '엉망진창 박사님 시리즈'(잡지 〈소년클럽〉의 한 코너. 독자들의 난해한 질문에 박사님이 명쾌한 답을 내놓는 취지의 독자 참가 페이지. 1920년 1월호부터 1941년 5월호까지 연재됐다-역주)나 '뭐야뭐야 박사님 시리즈'(잡지 〈소녀클럽〉의 한 코너. '엉망진창 박사님'과 같은 형식의 연재물-역주) 같은 건 내용을 달달 외울 만큼 익숙했습니다. 게다가 괴담, 야담, 만담, 에도 시대 유머집 같은 분야도 잘 알고 있어서 의젓한 얼굴로 익살스러운 이야기를 해대며 집안사람들을 웃기는 일에 부족함이 없었습니다.

그렇지만 아아, 학교!

저는 그곳에서는 존경받는 존재가 되어가고 있었습니다. 존경받는다는 관념 또한 저를 더럭 겁에 질리게 했습니다. 거의 완벽에 가까울 만큼 남을 속이다가 어느 한 명의 전지전능한 자에게 들키는 바람에 산산이 부서져, 죽기보다 더한 큰 망신을 당하는 것이 제가 규정한 '존경받는다'는 상태에 대한 정의였습니다. 인간을 속여서 '존경받아'도 누군가 한 명은 알고 있다, 이내 그 한 명이 다른 인간들에게 일러 속은 것을 깨달았을 때, 그때 인간들의 분노와 앙갚음은 자, 과연 어느 정도일까요. 상상만 해도 온몸의 털이 설 정도로 소름이 쫙 끼치는 기분입니다.

저는 부잣집에 태어났다는 사실보다도 흔히 말하는 '우수하다'는 걸로 학교 전체의 존경을 받을 처지에 놓였습니다. 저는 어려서부터 몸이 약해 한 달, 두 달 또는 한 학년을 통째로 누워 지내다시피 하며 학교를 쉬기도 했습니다. 그런데도 병이 나은 지 얼마 안 된 몸으로 인력거를 타고 학교에 가서 학년말 시험을 치르면 우리 반 그 누구보다 이른바 '우수'했던 겁니다. 몸 상태가 좋을 때도 공부는 전혀 하지 않고, 학교에 가더라도 수업 시간에 만화 같은 걸 그리고는 쉬는 시간에 그걸 반 아이들에게 설명을 보태가며 들려줘 교실을 웃음바다로 만들었습니다. 또 작문 시간에는 우스갯소리만 쓰는 바람에 선생님에게 주의를 받았지만 저는 그만두지 않았습니다. 선생님도 제가 쓰는 익살스러운 이야기를 넌지시 기대하고 있음을 알고 있었기 때문입니다. 하루는 여느 때처럼 제가 어머니를 따라 도쿄로 가는 열차에서 객실 통로에 있는 가래침 뱉는 항아리에 오줌을 싸버렸다는 실수담(하지만 가래침 뱉는 항아리인 줄 모르고 오줌을 싼 건 아니었습니다. 어린아이답게 천진한 척, 구태여 그랬던 것입니다)을 짐짓 슬픈 듯한 문체로 써서 제출했습니다. 선생님이 분명 웃을 거라는 자신이 있었기에 교무실로 돌아가는 선생님 뒤를 몰래 쫓았는데, 선생님은 교실을 나서자마자 제가 쓴 작문을 다른 아이들 작문 속에서 골라내 복도를 걸어가며 읽기 시작했습니다. 이내 선생님은 키득키득 웃었고, 이윽고 교무실에 들어가 다 읽었는지 얼굴을 새빨갛게 물들이고는 큰 소리로 웃으면서 바로 다른 선생님에게도 그 작문을 보여주었습니다. 그 모습을 지켜보면서 저는 매우 만족했습니다.

천덕꾸러기.

저는 이른바 천덕꾸러기로 보이게끔 만드는 데 성공했습니다. 존경받는 것에서 벗어나는 데 성공했습니다. 통지표는 전 과목 모두 10점인 데 반해 품행만큼은 7점이거나 6점이어서 그것 또한 집안사람들의 큰 웃음거리였습니다.

하지만 저의 본성은 그런 천덕꾸러기 따위와는 정반대였습니다. 그 무렵 저는 이미 하녀와 머슴들을 통해 애처로운 짓을 배웠고 능욕을 당했습니다. 어린아이를 상대로 그런 짓을 저지르는 것은 인간이 할 수 있는 범죄 중에서도 가장 추악하고 저속하며 잔혹한 범죄라고 지금은 그렇게 생각합니다. 하지만 저는 견뎠습니다. 이걸로 또 하나, 인간의 특성을 봤다는 기분마저 들어 그저 힘없이 웃었습니다. 만약 저에게 사실대로 말하는 습관이 있었다면 버젓이 그들이 행한 범죄를 아버지와 어머니에게 호소할 수 있었을지도 모르겠지만, 저는 아버지와 어머니도 속속들이 파악할 수 없었던 겁니다. 인간에게 호소한다는 그 수단에는 조금도 기대할 수 없었습니다. 아버지에게 호소해도, 어머니에게 호소해도, 순경에게 호소해도, 정부에 호소해도, 결국은 처세술에 능한 사람의, 그것도 세상에 잘 통하는 주장에 휘둘리기만 하고 끝나지 않을까요?

분명 한쪽을 일방적으로 편들 게 자명하다, 어차피 인간에게 호소하는 건 헛된 일이다, 저는 결국 진실을 밝히지 않은 채 견디며 그렇게 광대 노릇을 계속하는 것 외에는 방법이 없다는 심정이었습니다.

뭐야, 인간에 대한 불신을 말하는 건가? 허, 네놈은 언제부터 크리스천이 되었나? 하고 어쩌면 비웃는 사람도 있을지 모르겠습니다. 하지만 인간에 대한 불신이 반드시 종교로 직결된다고 단정 지을 수 있을까요? 실제로 그렇게 비웃는 사람도 포함해서 인간은 서로의 불신 속에서 여호와고 뭐고 염두에 두지 않고 태연하게 살아가고 있지 않습니까? 이 역시 제가 어렸을 때의 일인데, 아버지가 소속되어 있던 한 정당의 유명 인사가 우리 마을에 연설하러 와서 저는 머슴들을 따라 연설을 들으러 극장에 간 적이 있습니다. 극장은 만석이었고 이 마을에서도 특히 아버지와 친분이 있는 사람들이 대거 참석해 박수갈채를 보내곤 했습니다. 연설이 끝나자 청중은 눈이 쌓인 밤길을 삼삼오오 떼를 지어 밟아 귀가하며 그날 밤의 연설회를 마구 헐뜯었습니다. 그중에는 아버지와 특히 막역하게 지내는 사람의 목소리도 섞여 있었습니다. 아버지의 개회사도 별로고, 그 유명 인사의 연설도 도통 무슨 말인지 못 알아듣겠다, 하면서 이른바 아버지의 '동지들'이 호통에 가까운 투로 신나게 떠들어댔습니다. 그러다가 우리 집에 들러 응접실로 들어가더니, 오늘 밤 연설회는 대성공이었다며 진심으로 기뻐하는 얼굴로 아버지에게 말했습니다. 오늘 밤 연설회는 어땠느냐는 어머니의 묻는 말에 머슴들까지 정말 즐거웠다고 천연덕스레 말했습니다. 연설회만큼 따분한 것도 없다며 귀갓길 내내 서로 한숨을 내쉬었는데 말입니다.

하지만 이런 에피소드는 아주 사소한 일례일 뿐입니다. 서로 속이면서 신기하게 누구 하나 아무런 상처도 입지 않고 서로 속이고 있다는 실상조차 깨닫지 못하는 실로 선연한, 그야말로 청렴하고 밝고 유쾌한 불신의 사례가 인간 삶 속에 한껏 차 있는 것처럼 보입니다. 하지만 저는 서로 속이고 있다는 대목에는 특별히 흥미가 없습니다. 저 역시 광대 노릇을 하며 아침부터 밤까지 인간을 속이고 있으니 말입니다. 저는 도덕 교과서에 나오는 정의감이니 뭐니 하는 도덕성에는 딱히 관심이 없습니다. 저는 서로 속이면서도 청렴하고 밝고 유쾌하게 살아가는, 혹은 그렇게 살 수 있다고 자신만만해 보이는 인간이 난해한 겁니다. 인간은 저에게 그 진가를 끝끝내 가르쳐주지 않았습니다. 그것만 알았더라면 저는 인간을 이토록 두려워하며 또 필사적으로 광대 서비스 따위는 하지 않아도 되었을 겁니다. 인간의 삶과 대립

하며 매일 밤 지옥 같은 이런 괴로움을 맛보지 않아도 되었을 겁니다. 즉 제가 머슴과 하녀들의 응당 증오해야 할 범죄조차 아무에게도 호소하지 않은 것은 인간에 대한 불신 때문이 아니라, 물론 크리스천 이념을 지키기 위해서도 아니고, 인간이 요조라는 인물에 대해 신용 껍데기를 조개처럼 강고하게 다물고 있었기 때문이라고 생각합니다. 아버지와 어머니조차 저로서는 이해하기 어려운 모습을 이따금 보이기도 했으니 말입니다.

그렇게 그 누구에게도 호소하지 않는 저의 고독한 냄새를 여자들이 본능적으로 맡아냈고, 그게 훗날 여러 일에 말려드는 원인 중 하나가 된 것 같다는 생각도 듭니다.

다시 말해 여자들에게는 제가 사랑의 비밀을 지켜줄 줄 아는 남자였던 겁니다.

두 번째 수기

　파도가 밀려오는 곳이라고 해도 될 만큼 바다와 가까운 해안가에 외피가 시커멓고 거대한 산벚나무가 스무 그루 넘게 줄지어 있었습니다. 새 학년이 시작되면 산벚나무는 갈색의 진액처럼 새로 돋아나는 새잎과 함께, 파란 바다를 배경 삼아 현란한 꽃을 피우다 마침내 벚꽃 비 시기가 오면 수두룩한 꽃잎을 바다에 떨궈 해면을 온통 꽃잎으로 아로새기다 파도에 실려 다시금 물가로 밀려 되돌아옵니다. 그 벚꽃 모래사장을 고스란히 학교 운동장으로 사용하는 도호쿠 지방의 한 중학교에 저는 입시 공부도 제대로 하지 않고서 그럭저럭 무사히 입학할 수 있었습니다. 그 중학교의 학생모 마크에도, 교복 단추에도 도안화된 벚꽃이 피어 있었습니다.

　마침 중학교 바로 근처에 우리 가족과 먼 친척뻘인 사람이 살던 터라, 이런저런 까닭으로 아버지는 바다와 벚꽃의 중학교를 저에게 골라주었습니다. 저는 친척네 집에 맡겨졌고, 학교가 바로 코앞인지라, 조례 종이 울리는 소리를 듣고서야 헐레벌떡 집을 나서는 아주 게으른 중학생이었습니다. 그래도 광대 노릇 덕에 우리 반에서 제 인기는 나날이 올라갔습니다.

태어나서 처음으로, 이른바 타향살이를 시작했지만 저는 그 타향이 오히려 제가 태어난 고향보다 훨씬 편안한 장소처럼 여겨졌습니다. 그 무렵에는 저의 광대 노릇도 한결 몸에 배어 남을 속이는 데 예전만큼 애쓰지 않아도 되었기 때문이라 설명해도 틀린 말은 아닙니다. 하지만 그보다는 가족과 타인, 고향과 타향, 이 사이에는 없앨 수 없는 연기 난이도 차이가, 제아무리 천재라 할지라도, 설령 하나님의 아들 예수라 할지라도 이 난이도 차이가 있지 않겠습니까? 배우가 가장 연기하기 어려운 장소는 고향에 있는 극장일 테고, 더군다나 일가친척이 모두 모인 한방 안에서라면 어떤 명배우도 연기할 상황이 아닐 겁니다. 그렇지마는 저는 연기했습니다. 게다가 제법 성공을 거뒀습니다. 보통내기가 아닌 괴짜가 타향이라고 해서 연기를 실수하는 일 따윈 만에 하나라도 없었습니다.

인간에 대한 제 무섬증은 예전보다 나빠지면 나빠졌지 절대 나아지지 않을 정도로 가슴 저 깊은 곳에서 거세게 꼬물거렸지만, 연기력만큼은 쭉쭉 자라 교실에서 항상 반 아이들을 웃겼습니다. 선생님도 이 반은 오바(요조의 성-역주)만 없으면 정말 착한 반인데 말이지, 하고 말로는 한탄하면서도 손으로 입을 가리며

28

웃었습니다. 저는 천둥처럼 세찬 소리를 와왁 내지르는 배속 장교配属将校(교련 수업을 위해 중학교, 고등학교, 대학교 등에 배속된 육군 현역 장교-역주)조차 아주 수월하게 배꼽을 쥐고 웃게 만들 수 있었습니다.

이제는 내 정체를 완전히 은폐하게 된 것 같다고 마음을 놓으려던 찰나, 저는 정말 뜻밖에도 등 뒤에서 일격을 당했습니다. 등 뒤에서 비수를 꽂는 놈들이 흔히 그렇듯이 반에서 가장 빈약한 체구에 얼굴도 퍼렇게 뜨고, 아버지나 형에게 물려받은 헌 옷인지 소매가 쇼토쿠 태자(7세기 일본을 통치했던 인물로, 한반도에서 불교를 받아들여 고대 일본의 사상적 통일을 이루었다. 쇼토쿠 태자의 불상이나 그림을 보면 소매가 항상 비정상적으로 길다-역주)의 소맷자락처럼 늘어진 윗도리를 입은, 학업 부진아에 교련과 체육 시간에는 늘 견학만 하는 바보천치 같은 학생에게 말입니다. 저도 사실은 그런 학생까지 경계할 필요는 없다고 생각했던 겁니다.

그날 체육 시간에 그 학생(성은 떠오르지 않는데, 이름은 다케이치라고 불렀던 것 같습니다), 다케이치는 여느 때처럼 견학하고 우리는 철봉 연습을 했습니다. 저는 일부러 최대한 엄숙한 얼굴로 에잇! 하고 외치면서 철봉을 향해 돌진해 그대로 멀리뛰기를 할 때처럼 앞으로 날아가서 모래밭에 쿵 엉덩방아를 찧었습니다. 모두 계획된 실패였습니다. 예상대로 모두의 웃음거리가 됐고 저도 쓴웃음을 지으며 일어나 바지에 묻은 모래를 털고 있는데 언제부터 그곳에 와 있었는지 다케이치가 제 등을 쿡쿡 찌르며 나직하게 속삭였습니다.

"시늉이네, 시늉."

저는 몸을 부르르 떨었습니다. 일부러 실패한 사실을 다른 사람도 아닌 다케이치에게 들킬 줄은 전혀 생각하지 못했습니다. 저는 세상이 순식간에 지옥의 맹렬한 불에 휩싸여 타오르는 광경을 눈앞에서 목격한 듯하여 아악! 하고 비명을 지르며 발광할 것만 같은 기분을 필사적으로 억눌렀습니다.

그로부터 시작된 매일매일의 불안과 공포.

표면적으로는 변함없이 슬픈 광대 역할을 하며 모두를 웃겼지만, 문득문득 무의식중에 묵직한 한숨이 터져 나왔습니다. 무슨 짓을 해도 모조리 다케이치가 낱낱이 간파하고서는 대번에 누구에게나 닥치는 대로 그 사실을 퍼뜨리고 다닐 것이 틀림없다고 생각하니 이마에 진땀이 흥건히 나고 미친 사람처럼 묘한 눈초리로 괜히 주위를 히뜩히뜩 흘끗거렸습니다. 할 수만 있다면 아침, 점심, 저녁, 스물네 시간 다케이치 옆에 딱 붙어서 그 녀석이 비밀을 지껄이지 못하게 감시하고픈 심정이었습니다. 그리고 제가 그에게 달라붙어 있는 동안 나의 광대 짓은 이른바 '시늉'이 아니라 진짜였다고 믿게끔 온갖 애를 쓰다 운이 좋아서 차라리 그와 둘도 없는 친구가 되었으면 좋겠다, 행여 이모든 게 불가능하다면 이제는 그의 죽음을 기도하는 수밖에 없다는 생각까지 했습니다. 하지만 아무리 그래도 그를 죽여야 겠다는 마음만큼은 생기지 않았습니다. 저는 이제껏 살아오면서 남이 나를 죽여줬으면 좋겠다고 바란 적은 몇 번이나 있었지만 사람을 죽이고 싶다고 생각한 적은 한 번도 없습니다. 그건 으르대는 상대에게 되레 행복을 건네는 꼴이라고 생각하기 때문입니다.

저는 그를 회유하기 위해 우선 얼굴에 가짜 크리스천 같은 '상냥한' 미소를 띠고 고개를 삼십 도쯤 왼쪽으로 기울인 채 그의 가녀린 어깨를 가볍게 감싸 안으며 나긋나긋 달콤한 목소리로 제가 하숙하고 있는 집에 놀러 오라고 툭하면 꼬드겼지만, 그는 항상 멍한 눈으로 처다볼 뿐 아무 말이 없었습니다. 그러던 어느 날 방과 후, 분명 초여름 무렵이던 걸로 기억하는 날이었습니다. 은빛 소나기가 세차게 쏟아져 집에 어떻게 가야 하나 발을 동동대는 학생들 사이로 저는 엎어지면 코 닿을 거리에 집이 있어 대수롭지 않게 밖으로 뛰쳐나가려는데 문득 신발장 그늘에 다케이치가 숨이 죽은 한 줌의 풀처럼 서 있는 걸 발견했습니다. 가자, 우산 빌려줄게, 하고 겁내는 다케이치의 손을 잡아당겨 같이 소나기를 가르며 집에 도착한 후에 둘의 윗도리를 친척 아주머니에게 말려달라고 부탁하고는 그대로 다케이치를 2층에 있는 제 방으로 끌고 가는 데 성공했습니다.

그 집에는 쉰 살이 넘은 아주머니와 서른 살 정도의 안경을 쓰고 병약해 보이는 키가 큰 첫째 딸(이 딸은 한 번 시집을 갔다가 다시 친정에 돌아온 사람이었습니다. 저는 이 사람을 이 집 사람들처럼 아네사라고 불렀습니다), 그리고 최근 여학교를 갓 졸업한 셋짱이라는, 언니와 달리 작달막하고 얼굴이 동글동글한 둘째 딸, 이렇게 세 식구만 살았습니다. 아래층 가게에서는 문구류와 운동 소도구를 조금 진열해놓고 있었지만 주된 수입은 별세한 남편이 남긴 대여섯 채 되는 공동 주택에서 나오는 월세인 듯했습니다.

"귀가 아파."

다케이치는 선 채로 그렇게 말했습니다.

"비 맞은 후로 아파졌어."

살펴보니 양쪽 귀가 심하게 곪아 있었습니다. 고름이 지금이라도 당장 귓바퀴 밖으로 흘러나오려고 했습니다.

"이거 큰일이네. 아프겠다."

저는 요란하게 놀란 척하며 "비 오는데 억지로 끌고 와서 미안해" 하고는 여자들이나 쓸 법한 말을 골라 '상냥하게' 사과하고 아래층으로 내려가 솜과 알코올을 받아 와서 다케이치를 제 무릎에 베개 삼아 눕혀 정성껏 귀 청소를 해주었습니다. 다케이치도 이번만큼은 위선 섞인 음모란 걸 알아차리지 못한 듯 "넌 분명 많은 여자들이 반할 거야" 하고 제 무릎베개에 누운 채 멍청한 치렛말을 했습니다.

하지만 이건 아마 다케이치조차 의식하지 못했을 만큼 섬뜩한 악마의 예언이었음을 저는 훗날에야 깨달았습니다. 내가 반한다느니, 남이 나한테 반한다느니 그런 말은 아주 상스럽고 가벼우며 정말이지 우쭐대는 느낌이라, 암만 '엄숙'한 곳일지라도 그곳에 이 말이 단마디라도 빼꼼 얼굴을 내밀면 순식간에 우수 서린 가람伽藍(승가람마僧伽藍摩의 준말로, 승려가 살면서 불도를 닦는 곳을 말한다-역주)이 우지끈뚝딱 붕괴해 그저 납작하게 찌부러질 것만 같은 기분이 듭니다. 인기가 많아 괴롭다는 식의 속된 말이 아니라 사랑받는 불안이라는 문학적 표현을 사용하면 우수 서린 가람이 완전히 무너져내릴 것 같지는 않으니 기묘할 따름입니다.

고름을 닦아주자 다케이치는 여자들이 너한테 반할 거다, 하는 한심한 치렛말을 했는데, 당시에는 그저 얼굴을 붉히며 웃을 뿐 아무런 대답도 하지 않았지만, 실은 어렴풋이 짚이는 데가 있었습니다. '여자들이 반할 거다'와 같은 방정맞은 말이 자아내는 우쭐대는 분위기에 대해 듣고 보니 짚이는 데가 있다, 라고 쓴 건 만담 속 '도련님'(만담 중에서도 여름에 인기 있는 〈뱃사공 도쿠베〉에 등장하는 도련님을 말한다. 뱃사공이 되고 싶어 도전하는데, 머리를 깎는 등 겉멋만 부리다 정작 배는 제대로 몰지도 못하는 나약한 도련님일 뿐이었다는 이야기로, 특히 이 도련님은 '밖에 남자 아니면 여자밖에 안 돌아다닌다'는 등 어리석은 말만 하는 캐릭터다-역주)의 대사로도 쓸 수 없는 알량한 감회를 드러내는 것밖에 안 되는데, 설마 제가 그런 가볍고 우쭐대는 기분으로 '짚이는 데가 있다'고 한 건 아닙니다.

저는 인간 중에서도 여자가 남자보다 몇 곱은 더 난해했습니다. 우리 가족은 여자가 남자보다 더 많았고, 또 친척 중에도 여자아이가 많았습니다. 그 '범죄'를 저지른 하녀 같은 사람도 있었던 터라 저는 어렸을 때부터 여자들하고만 놀며 자랐다고 해도 과언이 아니지만, 기실 살얼음을 밟는 심정으로 그 여자들과 지냈습니다. 여자에 관해 거의, 전연 가늠할 수 없었습니다. 오리무중, 그러면서 때로는 호랑이 꼬리를 밟는 것과 같은 실수를 해서 크게 혼이 나기도 했는데, 이게 남자가 때리는 회초리와는 달라서 내출혈처럼 무척 불쾌하게 내부로 파고들어 여간해서는 치유되지 않는 상처였습니다.

여자는 가까이 다가오게 만들어놓고는 뿌리치고, 또 남이 있는 곳에서는 나를 무시하고 매정하게 대하다가 아무도 없을 때는 꽉 껴안는다, 여자는 죽은 듯이 깊이 잠든다, 여자는 자기 위해서 사는 게 아닐까? 이것 외에도 저는 여자에 관한 다양한 관찰을 이미 유년기 때부터 해왔는데 같은 인류인 듯하면서도 남자와는 전혀 다른 생물처럼 느껴졌으며, 그런데 불가사의하고 방심할 수 없는 이 생물은 묘하게도 저에게 마음을 썼습니다. '여자를 반하게 한다'는 말도, 또 '여자에게 사랑받는다'는 말도 제 경우에는 전혀 어울리지 않고 '여자가 신경 써준다'쯤으로 말하는 편이 그나마 실상을 설명하는 데 적합할지 모르겠습니다.

여자는 남자보다 훨씬 더 광대 짓에 너그러운 듯했습니다. 제가 광대를 연기할 때 아무래도 남자는 언제까지고 껄껄거리며 웃지도 않았거니와 남자를 상대로 까불대며 과하게 광대 짓을 했다가는 실패한다는 걸 알고 있어서 적당한 선에서 일단락 짓

자고 항상 명심하고 있었습니다. 하지만 여자는 적당한 선이라는 것을 모르는 듯 언제까지고, 언제까지고 저에게 광대 짓을 요구했고 저는 그 끝없는 앙코르에 응하느라 녹초가 되어버렸습니다. 정말이지 잘 웃었습니다. 대체로 여자는 남자보다도 쾌락을 볼이 미어지도록 입에 넣고 물림 없이 먹을 수 있는 듯했습니다.

제가 중학교 시절에 신세를 진 그 집의 첫째 딸, 둘째 딸도 틈만 나면 2층에 있는 제 방에 들이닥치는 통에 저는 그때마다 펄쩍 뛸 듯이 놀랐고, 오금이 다 저렸습니다.

"공부해?"

"아뇨."

미소를 지으며 책을 덮었습니다.

"오늘 있잖아요, 학교에서요, 곤봉이라는 지리 선생님이요."

술술 입에서 흘러나오는 것은 마음에도 없는 풍자 넘치는 이야기였습니다.

"요조, 안경 좀 써봐."

어느 밤, 둘째 딸인 셋짱이 아네사와 함께 제 방에 놀러 와서 저에게 한참을 광대 짓을 하게 만든 뒤 그렇게 말을 꺼냈습니다.

"왜요?"

"상관없잖아, 써봐. 아네사 안경 빌려서."

언제나 이런 난폭한 명령조로 말했습니다. 광대는 순순히 아네사의 안경을 썼습니다. 그러자 두 여자가 까르르 웃어댔습니다.

"판박이네. 로이드랑 판박이야."

그 당시 일본에서는 해럴드 로이드라는 외국 영화의 희극 배우가 인기 있었습니다.

저는 일어서서 한 손을 치켜들어 "제군" 하고 운을 떼고는 "이번에 일본 팬 여러분들에게……" 하며 일장 연설을 시도해 배를 잡고 뒹굴게 만들었고, 이후 로이드 영화가 그 마을 극장에 개봉할 때마다 보러 가서 몰래 그의 표정 등을 연구했습니다.

또 어느 가을밤, 누워서 책을 읽고 있는데 아네사가 흡사 새처럼 날쌔게 방에 들어오더니 돌연 제 이불 위에 쓰러져 울었습니다.

"요조가 날 도와줄 거야. 그렇지? 이런 집구석, 나랑 같이 나가버리자. 좀 도와줘. 도와달라고."

그렇게 격한 말을 내뱉고는 또 우는 겁니다. 하지만 여자가 이런 태도를 보이는 게 처음이 아니었기에 아네사의 격한 말에도 별반 놀라지 않았거니와 오히려 진부하고 이렇다 할 내용도 없어 흥이 깨진 심정으로, 살며시 이불에서 빠져나와 책상 위에 둔 감을 깎아 그 한 조각을 아네사에게 건네줬습니다. 그러자 아네사는 훌쩍이며 그 감을 먹고는 "뭐 재미있는 책 없어? 빌려줘" 라고 말했습니다.

저는 나쓰메 소세키의 《나는 고양이로소이다》라는 책을 책장에서 골라줬습니다.

"잘 먹었어."

아네사는 쑥스러운 듯 웃으며 방을 나갔습니다. 아네사만이
아니라 대체 여자란 어떤 감정으로 살아가는지 그 마음을 헤아
리는 게 저로서는 지렁이의 마음을 살피는 것보다 까다롭고 성
가시고 섬뜩하게 느껴졌습니다. 다만 저는 여자가 돌연 울음을
터뜨릴 때, 뭔가 단 것을 건네주면 그걸 먹고 기분이 다시 좋아
진다는 사실만큼은 어릴 때부터 제 경험으로 터득하고 있었습
니다.

둘째 딸인 셋짱은 자기 친구까지 제 방에 데려오곤 했는데, 제
가 여느 때처럼 공평하게 모두를 웃기고 나서 친구들이 돌아가
면 셋짱은 으레 그 친구들 험담을 했습니다. 개는 불량소녀니까
조심하도록, 하고 반드시 말하는 겁니다. 그렇다면 굳이 데려오
지 않으면 되는데, 덕분에 제 방에 오는 손님 대부분은 전부 여자
가 되어버렸습니다.

하지만 그건 다케이치가 치렛말로 한 '여자들이 반할 거다'라
는 말이 실현된 건 아직 아니었습니다. 즉, 저는 일본 도호쿠 지
방의 해럴드 로이드일 뿐이었던 겁니다. 다케이치의 무지한 치렛
말이 꺼림칙한 예언으로 생생하게 되살아나서 불길한 생김새를
드러내게 된 것은 그로부터 몇 년 후의 일입니다.

다케이치는 또 저에게 다른 중대한 선물을 하나 했습니다.

"요괴 그림이야."

언젠가 다케이치가 2층에 놀러 왔을 때 들고 온 한 장의 원

색판(삼원색 외에 검은색을 섞어 원화와 같은 색채를 내는 망목 철판 인쇄법으로 인쇄한 인쇄물-역주) 속표지 그림을 의기양양하게 저에게 보여주면서 그렇게 설명했습니다.

'어라?' 하는 생각이 들었습니다. 그 순간에 내가 도달할 종착역이 결정되었구나, 하는 생각이 한참의 시간이 흐른 후에야 걷잡을 수 없이 밀려왔을 따름입니다. 저는 알고 있었습니다. 그건 고흐의 자화상일 뿐이라는 사실을. 제가 중학생이던 시절 일본에서는 프랑스의 이른바 인상파 그림이 크게 유행했고, 서양화 감상의 첫걸음을 대개 이 언저리부터 시작했던 터라 고흐, 고갱, 세잔, 르누아르 같은 사람의 그림은 촌뜨기 중학생일지라도 사진 도판(네거필름을 인화지에 인화한 것-역주)을 봐서 알고 있었습니다. 저도 고흐의 원색판을 제법 많이 봐서 터치의 맛, 색채의 선명함에 흥미를 느끼기는 했지만, 요괴 그림이라고는 한 번도 생각한 적이 없었습니다.

"그럼 이런 건 어때? 역시 요괴려나?"

저는 책장에서 모딜리아니 화집을 꺼내 불에 구운 적동(구리에 금을 섞은 합금-역주) 같은 피부의 벌거벗은 여인 그림을 다케이치에게 보여줬습니다.

"멋진데."

다케이치는 눈을 동그랗게 뜨고 감탄했습니다.

"지옥마 같아."

"역시 요괴로 보여?"

"나도 이런 요괴 그림을 그리고 싶어."

지나치게 인간을 두려워하는 사람들이 도리어 더욱더 섬뜩한 마물을 두 눈으로 확실히 보고자 하는 심리, 신경질적이고 쉽게 겁을 먹는 사람일수록 폭풍우가 더 맹렬히 휘몰아치기를 기도하는 심리, 아아, 이 무리의 화가들은 인간이라는 괴물에게 상처 입고 위협받은 나머지 결국 환영을 신망하고 대낮의 자연 속에서 똑똑히 요괴를 본 것입니다. 더구나 그들은 그걸 광대짓 등으로 감추지 않고 보이는 대로 표현하려 애쓴 것입니다. 다케이치 말대로 용감하게 '요괴 그림'을 그리고 만 것입니다. 여기에 미래의 내 동료가 있다는 생각에 저는 눈물이 날 정도로 흥분해서는 "나도 그릴래. 요괴 그림을 그릴 거야. 지옥마를 그릴래" 하고 어째서인지 나지막한 목소리로 다케이치에게 말했습니다.

저는 초등학교 때부터 그림은 그리는 것도, 보는 것도 좋아했습니다. 그렇지만 제가 그린 그림은 제 작문에 비해 주위의 평이 좋지 않았습니다. 저는 근본적으로 인간의 언어를 전혀 신용하지 않았기에 작문 같은 건 단지 광대의 인사말 같은 거라 초등학교, 중학교까지 연신 선생님들을 미친 듯이 즐겁게 해주었지만 정작 저는 전혀 재미있지 않았습니다. 하지만 그림만큼은(만화 같은 건 별개지만) 그 대상을 표현하는 데 미숙한 솜씨일지언정 제법 고심했습니다. 학교 미술 시간의 본보기 그림은 따분했고 선생님의 그림마저 어설퍼서 저는 완전히 멋대로 온갖 표현기법을 스스로 궁리해서 시도할 수밖에 없었습니다. 중학교 입학 후 저는 유화 도구 세트도 갖고 있었는데 인상파 화풍에서 그 터치의 모범을 찾아봐도 제가 그린 그림은 마치 지요가미 수공예(지요가미란 일본 전통 문양이 들어간 색지를 말한다. 이 지요가미를 활용하는 작품을 '지요가미 수공예'라고 하는데, 지요가미를 오리거나 접어서 풀로 붙여 납작하게 만드는 경우가 많다-역주)처럼 평면적이어서 작품이 될 것 같지도 않았습니다. 그렇지만 저는 다케이치의 말로 말미암아 지금까지 그림에 대한 마음가짐이 완전히 잘못되었음을 깨달았습니다. 아름답다고 느낀 것을 그대로 아름답게 표현하려 애쓰는 안일함, 어리석음. 거장들은 아무것도 아닌 걸 주관적으로 아름답게 창조하고, 또는 추한 것에 헛구역질을 느끼면서도 그에 대한 흥미를 감추지 않고 표현하는 기쁨에 잠겼습니다. 즉 타인의 일반적인 생각에 조금도 연연하지 않는다는, 화법의 원초적인 해설서를 다케이치에게 하사받고서 제 방을 제집 드나들 듯하는 여자 손님들 몰래 조금씩 자화상 제작에 돌입했습니다.

저조차도 오싹해졌을 정도로 스산한 그림이 완성되었습니다. 그러나 이것이야말로 가슴속에 내내 숨겨온 나의 정체다, 겉으로는 환하게 웃으며 남들을 웃기지만 사실 나는 이런 음울한 마음을 갖고 있다, 별수 없다, 하고 선뜻 수긍했지만 아무래도 그 그림은 다케이치 외에는 그 누구에게도 보여줄 수 없었습니다. 저의 광대 짓 밑바닥에 가라앉아 있는 음산함을 들켜 돌연 삼

엄한 경계를 받는 것도 싫었고, 또 이것이 제 정체인 줄도 모르고 새 스타일의 광대 짓으로 간주해 더 큰 웃음거리가 될지 모른다는 불안도 있었습니다. 그것은 무엇보다 괴로운 일이었기에 그 그림은 곧바로 이불장 깊숙이 넣어버렸습니다.

학교 미술 시간에도 저는 그 '요괴식 화법'은 숨긴 채, 예전처럼 아름다운 것을 아름답게 그리는 평범한 터치로 그렸습니다.

오래전부터 다케이치에게만큼은 저의 쉽게 다치는 신경을 태연스레 보였던 터라, 이번 자화상도 다케이치에게는 안심하고 보여줬습니다. 그러다 어마어마한 칭찬을 듣고 다시 두 장, 세 장 연달아 요괴 그림을 그리다 보니 다케이치에게 "넌 훌륭한 화가가 될 거야" 하는 또 하나의 예언을 얻게 됐습니다. 많은 여자가 반할 거라는 예언과 훌륭한 화가가 될 거라는 예언, 바보천치 다케이치의 이 두 가지 예언이 이마에 각인된 채 이윽고 저는 도쿄로 나왔습니다.

저는 미술학교에 들어가고 싶었지만 아버지는 전부터 저를 고등학교에 보내 장차 관리로 만들 계획이었고 저에게도 그 결정을 공포해두었던 터라 말대꾸 하나 못하는 사람인 저는 멍하니 그 결정을 따랐습니다. 4학년 때부터 시험을 쳐보자, 하고 아버지가 말했을 때 저도 벚꽃과 바다의 그 중학교가 슬슬 싫증 나던 참이라 5학년으로 진급하지 않고 4학년까지만 수료한 채 도쿄의 고등학교에 시험을 쳤고 합격해서 곧바로 기숙사생활을 시작했습니다. 그러나 그 불결함과 난폭함에 질려 광대 짓을 하고 말고 할 상황이 아니어서 의사에게 폐의 침윤물(폐 조직 내 고름과 체액, 혈액 등이 비정상적으로 축적된 현상. 이 현상이 관찰되면 폐렴으로 진단할 수 있다-역주) 진단서를 부탁했고 그걸 제출한 덕에 기숙사를 나와 우에노 사쿠라기에 있는 아버지 별장으로 옮겼습니다. 아무래도 저는 단체생활을 할 수가 없었습니다. 게다가 청춘의 뜨거운 감정이라든가 젊은이의 긍지라는 말은 들으면 오싹해지고 도저히 십 대의 공동체 의식에는 따라갈 수 없었습니다. 교실도 기숙사도 일그러진 성욕의 쓰레기통 같다는 느낌마저 들어서 저의 완벽에 가까운 광대 짓도 그곳에서는 아무런 도움이 되지 않았습니다.

아버지는 의회가 없을 때는 한 달에 한 주 혹은 두 주만 그 집에 머물렀기 때문에 아버지가 없을 때는 그 널찍한 집에 별장 관리인 노부부와 저, 이렇게 셋뿐인지라 슬쩍슬쩍 학교에 빠지곤 했습니다. 그렇다고 해서 도쿄 관광 같은 걸 할 기분도 아니어서(저는 결국 메이지 신궁도, 구스노키 마사시게 동상도, 센카쿠지에 있는 47인의 무사 무덤도 보지 못하고 말았습니다) 집에서 온종일 책을 읽거나 그림을 그리며 보냈습니다. 아버지가 도쿄에 오면 매일 아침 분주하게 등교했지만 때로는 혼고구 센다기에 있는 서양화가 야스다 신타로 선생의 화실에 가서 세 시간이고 네 시간이고 데생 연습을 하는 일도 있었습니다. 기껏 고등학교 기숙사에서 탈출했더니 학교 수업을 들어도 마치 청강생 같은 특별한 위치에 있는 듯한, 그건 저의 배배 꼬인 마음일지도 모르겠습니다만, 아무튼 저 스스로 김새는 기분이 들기 시작해 차츰 학교에 나가는 일이 귀찮아졌습니다. 저는 초등학교, 중학교, 고등학교를 통틀어 끝내 애교심이라는 것을 이해하지 못한 채 마쳤습니다. 교가를 외우려고 한 적 또한 한 번도 없습니다.

머지않아 저는 화실에서 한 미술 학도를 통해 술과 담배와 매춘부와 전당포와 좌익 사상을 알게 되었습니다. 묘한 조합입니다만, 사실이 그랬습니다.

그 미술 학도는 호리키 마사오라고 하는데, 시타마치(니혼바시·간다·아사쿠사 등 도쿄의 저지대로, 독자적인 기질과 미의식을 지닌 서민 지역이다-역주)에서 태어났고 저보다 여섯 살 많았으며 사립 미술학교를 졸업한 뒤 집에 아틀리에가 없어서 이 화실을 다니며 서양화 공부를 이어가고 있다고 했습니다.

"오 엔(현재의 1~2만 엔쯤 되는 금액으로, 당시 5엔권 지폐가 있었다-역주)만 빌려줄 수 있어?"

서로 얼굴만 알고 지내는 사이였을 뿐, 그때까지 단 한마디도 나눈 적이 없었습니다. 저는 쩔쩔매며 5엔을 내밀었습니다.

"옳지, 한잔하자. 내가 너한테 한턱내마. 착한 꼬마로군."

저는 거절하지 못한 채 화실 근처인 호라이 동네 카페(쇼와 초기의 카페에서는 술과 요리를 팔았으며, 지금처럼 가볍게 출입할 수 있는 곳이 아니었다-역주)로 홱 끌려갔는데 이때부터 그와의 교우관계가 시작되었습니다.

"전부터 너를 눈여겨보고 있었지. 그래그래, 그 수줍어하는 듯한 미소, 그게 바로 전망 밝은 예술가 특유의 표정이라고. 친해진 기념으로 건배! 기누 씨, 이 녀석 꽃미남이지? 그렇다고 반하면 안 돼. 이 녀석이 화실에 온 덕택에 애석하게도 나는 차석 꽃미남이 됐으니까."

호리키는 살빛이 거무스름한 단정한 얼굴로, 미술 학도치고는 드물게 깔끔한 양복을 차려입었습니다. 넥타이 취향도 수수하고 머리칼은 포마드를 발라서 선명한 5:5 가르마를 탔습니다.

낯선 장소이기도 하고 잔뜩 겁을 먹은 터라 팔짱을 꼈다 풀었다 그야말로 수줍은 미소만 짓고 있었는데, 맥주를 두세 잔 마시는 사이에 묘하게 해방된 듯한 홀가분함이 느껴졌습니다.

"저는 미술학교에 들어가려고 했는데……."

"아니, 재미없어. 그런 곳은 재미없지. 학교는 재미없고말고. 우리의 스승은 자연 속에 있나니! 자연에 대한 파토스pathos(정열을 뜻한다-역주)!"

그러나 저는 그가 하는 말에 조금도 경의를 느끼지 못했습니다. 무지몽매한 사람이다, 그림도 형편없을 테지, 하지만 같이 노는 상대로는 괜찮을 것 같다고 생각했습니다. 그러니까 저는 그때 태어나서 처음으로 진정한 도회지의 난봉꾼을 본 것입니다. 그의 행동은 저와 형태만 다를 뿐, 역시 인간들의 세상살이와 완전히 단절된 채 방황하고 있다는 점만큼은 분명 같은 부류였습니다. 다만 그는 자각하지 못한 채 광대 짓을 했고, 그 광대 노릇의 비참함을 전혀 깨닫지 못하고 있다는 부분이 저와 본

질적으로 다른 특징이었습니다.

　그냥 노는 것뿐이다, 놀 때만 상종할 뿐이다, 하며 늘 그를 경멸하고 때로는 그와의 교우관계를 부끄럽게 여겼는데도 불구하고 길동무하는 사이에 기어이 저는 이 남자에게조차 처참하게 부서졌습니다.

　하지만 처음에는 이 남자를 선한 사람으로, 좀처럼 없는 선한 사람이라고만 판단해, 그렇게 인간에 대한 무섬증이 있는 저도 완전히 방심해서 도쿄를 안내해주는 좋은 사람이 생겼다는 정도로만 여겼습니다. 저는 실은 혼자서 전차를 타면 차장이 무섭고, 가부키 극장에 들어가고 싶어도 정면 현관에 깔린 선홍색 카펫을 사이에 두고 양쪽에 늘어선 안내 가이드들이 무섭고, 레스토랑에 들어가면 제 등 뒤에 호젓이 서서 그릇이 비길 기다리는 웨이터가 무섭고, 특히나 계산할 때, 아아, 삐걱대는 제 손동작을 견딜 수 없었습니다. 저는 물건을 사기 위해 돈을 건넬 때는 구두쇠여서가 아니라 지나친 긴장, 지나친 부끄러움, 지나친 불안과 공포에 빙빙 현기증이 나서 세상이 새카매지고 반쯤 미칠 지경이 되어 물건값을 깎기는커녕 거스름돈 받는 것을 잊어버릴 뿐만 아니라 산 물건을 고스란히 두고 오는 일 또한 심심찮게 있어서 도저히 혼자서는 도쿄 거리를 거닐 수 없는지라, 하는 수 없이 하루 내내 집 안에서 빈둥거렸던 속사정도 있었습니다.

　그런데 호리키에게 지갑을 맡기고 나니 호리키는 값도 잘 깎고, 게다가 놀 줄 안달까, 적은 돈으로 큰 효과를 내는 지출 수

완을 발휘했습니다. 또 비싼 1엔 택시(시내 요금이 1엔으로 균일한 택시-역주)는 멀리하고 전차, 버스, 통통배 등을 그때그때 구분하며 활용해 최단 시간 내 목적지에 도착하는 재간도 보였으며, 유곽에서 돌아오는 아침 길에는 무슨 무슨 요정에 들러 아침 목욕을 한 뒤 육수에 담긴 뜨끈한 두부에 가볍게 술을 곁들이는 게 싸지만 호사스러운 기분을 만끽할 수 있다는 현장 교육 실습도 해주었습니다. 그 외에 길거리 노점의 소고기덮밥과 꼬치구이는 싸지만 영양이 풍부한 음식임을 설파하면서 취기가 빨리 오르는 술은 전기 브랜디(브랜디를 섞은 칵테일로, 아사쿠사 바텐더가 개발했다. 전기가 귀했던 당시 최첨단, 서양식이라는 뜻으로 곧잘 '전기'를 붙였다-역주)만 한 게 없노라고 장담하기도 하면서 아무튼 계산하는 일에서만큼은 저에게 단 한 톨의 불안과 공포를 느끼게 한 적이 없습니다.

더구나 호리키와 다니면서 편했던 점은 호리키가 듣는 이의 생각 따위는 아예 무시하고 소위 정열이 분출하는 대로(정열이란 어쩌면 상대의 입장을 무시하는 것일지도 모르겠지만) 온종일 시시콜콜한 얘기를 나불댔기 때문에 둘이 걷다 지쳐 어색한 침묵의 급류에 휘감길 염려가 추호도 없다는 사실이었습니다. 다른 사람을 대할 때 그 끔찍한 침묵이 당장이라도 그 장소를 습격할까 봐 경계하며 지금이야말로 온 힘을 쏟아부어야 할 때라는 식으로 원래는 입이 무거운 제가 필사적으로 광대 짓을 해왔습니다. 그러나 이제는 이 멍청한 호리키가 무의식적으로 광대 역할을 자진해서 해주었기에 저는 대답도 제대로 하지 않고 그저 귓등으로 듣다가 때때로 설마, 하고 적당히 맞장구치며 웃으면 되었습니다.

술, 담배, 매춘부, 그건 몽땅 인간에 대한 무섬증을 한때라도 잊을 수 있는 퍽 좋은 수단이라는 사실을 마침내 저도 알게 되었습니다. 그런 수단을 얻기 위해서라면 제가 가진 전부를 깡그리 처분해도 후회하지 않을 것 같다는 마음마저 품게 되었습니다.

저에게는 매춘부가 인간도 여자도 아닌 백치나 미치광이처럼 보여 그 품 안에서 오히려 완전히 안심하고 숙면에 빠질 수 있었습니다. 다들 애처로울 만큼 욕심이라고는 참으로 털끝만치도 없었습니다. 그리고 저에게 같은 종류의 친근감이라도 느끼는지 저는 항상 그 매춘부들에게 불편하지 않을 정도의 자연스러운 호의를 입었습니다. 아무런 타산도 없는 호의, 남에게 강요하지 않는 호의, 두 번 다시 오지 않을지도 모르는 사람을 향한 호의, 저는 그 백치나 미치광이의 매춘부들에게서 마리아의 후광을 실제로 본 밤도 있었습니다.

저는 인간에 대한 공포에서 벗어나 하룻밤 미미한 안정을 얻기 위해 그곳을 찾았고, 그야말로 저와 '동류'인 매춘부들과 즐기는 사이, 언제부터였는지 무의식적으로 어떤 꺼림칙한 분위기를 늘 발산하는 지경에 이르렀습니다. 그것은 저도 전혀 예상치 못한 소위 '딸려 온 부록'이었습니다만 '부록'은 점점 선명하게 표면으로 떠올랐고 그 사실을 호리키가 지적하자 경악을 금치 못하고 참담한 기분에 사로잡혔습니다. 옆에서 보기에 속된 말로, 저는 매춘부로 여자 수련을 한 셈인데 더군다나 요즘 들어 현저히 실력이 늘었다는 겁니다. 여자 수련은 매춘부로 쌓는 게 가장 철저하고 또 그만큼 효과가 있다더니, 이미 저에게는 그 '여자 다루기 고수'라는 냄새가 박여 여자들이(매춘부뿐 아니라) 본능적으로 그 냄새를 맡고 엉겨 붙는, 그런 볼썽사납고 불명예스러운 분위기를 '부록'으로 얻게 되었는데 그것이 제가 얻은 안정보다 더 눈에 띄었나 봅니다.

호리키는 반은 치렛말 요량이었겠지만, 암울하게도 저 또한 짚이는 데가 있었습니다. 예컨대 찻집 계집애에게 어수룩한 편지를 받은 적도 있고, 사쿠라기 별장 이웃인 장군댁의 스무 살쯤 되는 딸이 매일 아침 제 등교 시간에 딱히 일도 없어 보이나 옅은 화장까지 하고 자기 집 문을 들랑날랑하기도 했습니다. 소고기를 먹으러 가면 내가 아무 말 하지 않아도 거기 여종업원이……, 또 단골 담뱃집 아가씨에게 건네받은 담뱃갑 속에……, 또 가부키를 보러 갔을 때 옆자리 사람에게……, 또 심야 시간 노면 전차에서 술기운에 까무룩 잠이 들었는데……, 또 뜻밖에 고향 친척 여자애한테서 마음을 쏟아부은 편지가 와서……, 또 누군지도 모르는 여자가 내가 외출한 사이 직접 만든 듯한 인형을……, 제가 극도로 소극적인 사람인지라 모두 그뿐인, 그저 조각조각 단편적인 이야기일 뿐 그 뒤로는 아무런 진전도 없었지만 무언가 여자들을 꿈꾸게 만드는 분위기가 저의 어딘가에 묻어 있다는 점은 여자 자랑이니 뭐니 그런 농지거리가 아닌, 부정할 수 없는 사실이었습니다. 저는 그걸 호리키 따위에게 지적당해 굴욕에 가까운 쓸쓸함을 느꼈고, 매춘부와 노는 일도 순식간에 흥이 다 깨졌습니다.

호리키는 또 모더니티 지지층이라는 그 헛치레로(호리키의 경우 그 이외 다른 이유는 지금도 생각할 수 없습니다) 어느 날 저를 공산주의 독서회라는(R.S랬나 뭐랬나, 기억이 확실치 않습니다) 비밀 연구회에 데려갔습니다. 호리키 같은 인물에게는 공산주의 비밀 집회도 '도쿄 안내' 중 하나였을지도 모릅니다. 저는 소위 '동지'에게 소개된 후 팸플릿 한 부를 사게 되었고 상석에 앉은 정말 추한 얼굴의 청년에게 마르크스 경제학 강의를 들었습니다. 물론 그 말이 틀린 건 아니지만, 저에게 그런 건 뻔한 소리로 들렸습니다. 인간의 마음속에는 영문 모를 무시무시한 것이 있다. 욕구라는 말로도 부족하고 허영이라는 말로도 부족하고 색정과 욕구, 이렇게 두 개를 나열해도 부족한, 뭔지 모를 뭔가가 인간 세상 밑바닥에, 경제뿐만 아니라 별난 괴담 같은 것이 있는 듯한 기분이 들었고 그 괴담에 질겁하는 저로서는 소위 유물론을, 물이 낮은 곳으로 흐르듯 자연스레 수긍하면서도, 그러나 그로 말미암아 인간에 대한 공포에서 해방되어 신록을 향해 말갛게 바라보며 희망의 기쁨을 느끼는 것 따위는 어림없는 일이었습니다. 그렇지만 저는 한 번도 결석하지 않고 그 R.S(였던 것 같은데 아닐 수도 있습니다)라는 곳에 출석해 '동지'들이 마치 중대사인 양 굳은 얼굴로 1 더하기 1은 2, 같은 거의 초등 산수 비슷한 이론 연구에 열중하는 모습이 우스꽝스러워 저의 광대 짓으로 집회의 긴장감을 풀어주려고 애썼습니다. 그 덕분인지 점차 연구회의 엄숙한 분위기도 부드럽게 풀려 저는 그 집회에 없어서는 안 될 인기쟁이가 되었습니다. 이 단순해 보이는 사람들은 저를 역시 자기들처럼 단순하고 낙천적인 광대 '동지'쯤으로 여겼을지도 모르겠습니다만, 만약 그렇다면 저는 이 사람들을 하나부터 열까지 속인 셈입니다. 저는 동지가 아니었습니다. 그렇지만 그 집회에 빠지지 않고 출석해서 모두에게 광대 서비스를 했습니다.

좋아했기 때문입니다. 그 사람들이 마음에 들었기 때문입니다. 그러나 꼭 마르크스로 맺어진 친밀감 때문만은 아니었습니다.

비합법. 저는 그게 어렴풋이나마 즐거웠습니다. 오히려 마음이 놓였습니다. 세상의 합법이라는 것이 되레 무섭고(그것에는 깊이를 알 수 없는 막강한 힘이 느껴집니다) 그 장치가 수수께끼처럼 느껴져, 뼛속까지 추위가 스미는 창도 없는 그 방에 도저히 앉아 있을 수 없어 비록 밖이 비합법의 바다일지라도 거기에 풍덩 뛰어들어 헤엄치다 죽음에 이르는 편이 저로서는 오히려 마음이 편할 것 같았습니다.

'음지 인간'이라는 말이 있습니다. 인간 세상에서는 비참한 패자와 악덕한 자를 싸잡아서 일컫는 말인 듯한데, 저는 제가 태어날 때부터 음지 인간이었던 것만 같아 사회로부터 저놈은 음지 인간이라고 손가락질당하는 사람을 보면 반드시 제 마음이 상냥해지곤 했습니다. 그리고 그런 저의 '상냥한 마음'은 스스로 넋을 잃을 만큼의 상냥함이었습니다.

'죄의식'이라는 말도 있습니다. 저는 이 인간 세상을 살아가며 평생 그 죄의식에 들볶이면서도 그것은 저의 조강지처처럼 좋은 동반자여서 그 녀석과 단둘이 고적하게 시시덕대며 노는 것이 제가 살아가는 자세 중 하나이기도 했습니다. 또 세상 사람들이 말하는 '과거가 있다'라는 말도 있는데 그 떳떳하지 못한 아픈 과거를 저는 태어날 때부터 달고 나왔고 자라면서 치유되기는 커녕 점차 심해져 마침내 뼛속까지 파고들어 밤마다 겪는 고통은 변화무쌍한 지옥 같았습니다. 그러나(이건 무척 기묘한 표현이지만) 그 과거는 저의 혈육보다 친밀해지고 그 쓰라림은 다름 아닌 살아 있는 감정 혹은 애정 어린 속삭임 같다는 생각까지 들었습니다. 그런 남자라 그런지 지하 운동 그룹의 분위기가 묘하게 안심이 되고 마음이 놓였습니다. 다시 말해 운동의 원래 목적보다도 그 운동의 결이 저에게 맞는 느낌이었습니다. 호리키는 멀찍이서 구경만 하는 얼간이로 저를 소개하려고 그 집회에 한 번 나갔을 뿐, 마르크스주의자는 생산 측면의 연구와 함께 소비 측면의 시찰도 필요하다는 둥 겉멋만 든 어설픈 말을 하며 집회에는 얼씬도 하지 않았고 아무튼 저를 그 소비 측면의 시찰 쪽으로만 꼬드기고 싶어 했습니다. 돌이켜보면 당시는 다양한 형태의 마르크스주의자가 있었습니다. 호리키처럼 허영뿐인 모더니티 성향으로 마르크스주의자라 자칭하는 자도 있었고, 또 저처럼 그저 비합법적인 냄새가 마음에 들어 그곳에 눌러앉는 자도 있었는데 만일 이러한 실체를 마르크시즘의 진정한 신봉자에게 들켰다면 열화 같은 역정을 내며 호리키와 저를 비열한 변절자로 가름하고 곧장 쫓아버렸을 겁니다. 하지만 저는 물론 호리키조차도 좀처럼 제명 처분을 당하지 않았고 게다가 저는 그 비합법적인 세계에서는 합법적인 신사들의 세계에서보다 오히려 무럭무럭, 소위 '건강'하게 행동할 수 있었기 때문에 전망이 밝은 '동지'로서 웃음이 복받쳐 참기가 어려울 만큼 과하게, 극비처럼 꾸민 온갖 일을 떠맡을 정도였습니다. 저는 그런 일을 한 번도 거절하지 않고 아무렇지도 않게 뭐든 떠맡았는데, 쓸데없이 긴장해서 어색하게 굴다가 개(동지는 경찰을 그렇게 불렀습니다)한테 의심을 사거나 불심검문을 당해 노력이 물거품이 되는 일도 없었고, 배시시 웃으면서 또는 남들을 웃기면서 그 위험하다(그 운동권 무리는 중대한 일을 감행하듯 긴장했고, 탐정소설을 어설프게 따라 하면서까지 극도로 경계하면서 저에게 일을 부여했는데, 그 일이라는 게 기가 막힐 만큼 시시한 것뿐이었는데도 그들은 그 일이 여간 위험한 게 아니라며 안간힘을 다해 피력했습니다)고 그들이 칭하는 일을 어쨌든 정확하게 해치웠습니다. 당시 저의 기분은 당원의 일원으로 붙잡혀 종신형을 선고받고 교도소에서 살게 된다 해도 상관없을 정도였습니다. 세상 사람들이 영위하는 '실생활'에 공포를 느끼며 밤마다 불면의 지옥에서 신음하기보다는 오히려 옥살이가 편할지도 모른다고까지 생각했습니다.

아버지는 사쿠라기 별장에 있는 동안 손님이니 외출이니 하는 일로 바빠서 같은 집에 있어도 사흘이고 나흘이고 얼굴을 마주칠 일이 없을 정도였습니다. 그래도 아버지가 거북하고 무서워 이 집을 나가 하숙이라도 했으면 좋겠다고 생각하면서도 그 말을 꺼내지 못하고 있던 차에 아버지가 그 집을 팔 생각인 것 같다는 얘기를 별장 관리인 노부에게 들었습니다.

아버지의 의원 임기도 거의 끝나가고 분명 여러 이유가 있었겠지만, 이번을 끝으로 선거에 나갈 의지도 없어 보였고 게다가 고향에 은거할 집 한 채를 새로 짓는 등, 도쿄에 미련도 없어 보였습니다. 고작 고등학생일 뿐인 저를 위해 저택과 하인을 그대로 두는 것도 낭비라고 생각했는지(아버지의 의중 또한 세상 사람들 마음만큼이나 알기 어려웠습니다) 어쨌든 그 집은 이내 남의 손에 넘어갔고, 저는 혼고구 모리카와에 있는 선유관이라는 낡은 하숙집의 어슴푸레한 방으로 이사해 금세 재정적 곤란을 겪어야 했습니다.

지금까지는 아버지에게 정해진 액수의 용돈을 다달이 받으면서 비록 이삼일 만에 동이 나긴 해도 담배고 술이고, 치즈고 과일이고 항상 집에 있었습니다. 책과 문구류, 그 외 복장 등에 관련된 모든 것은 언제나 근처 가게에서 소위 '외상'으로 살 수 있었고, 호리키에게 메밀국수나 튀김덮밥 같은 걸 사줄 때도 아버지를 특별대우하는 동네 단골 가게라면 저는 말없이 그 가게를 나와도 괜찮았습니다.

그러다 별안간 하숙집에서 혼자 살게 되고, 모든 것을 다달이 보내주는 정해진 액수로 해결해야만 하자 저는 당황했습니다. 받은 돈은 역시 이삼일이면 동이 났고, 저는 소름이 끼치고 불안해 미칠 것만 같아 아버지, 형, 누나에게 번갈아 가며 돈을 부탁하는 전보와 자초지종을 쓴 편지(그 편지에다 하소연하는 사정은 모조리 지어낸 우스갯소리였습니다. 남한테 무언가를 부탁할 때 우선은 그들을 웃기는 것이 상책이라 생각했기 때문입니다)를 연달아 보냈습니다. 또 호리키가 알려준 대로 부지런히 전당포를 드나들기 시작했지만 그런데도 항상 돈에 시달려야 했습니다.

어차피 저에게는 아무 연고도 없는 하숙집에서 홀로 '생활'해 나갈 능력이 없었습니다. 저는 하숙집 방에 홀로 오도카니 있는 게 무서웠고, 당장이라도 누군가가 덮쳐 일격을 가할 것 같은 기분이 들어 거리로 뛰쳐나가 지하 운동권 세력을 돕거나 혹은 호리키와 함께 값싼 술을 마시고 돌아다니며 학업도 그림 공부도 거의 방치하며 지냈습니다. 그러다 고등학교에 입학한 지 이 년째 되던 해의 11월, 저보다 연상인 유부녀와 동반 자살 사건을 일으키면서 제 운명은 홱까닥 바뀌었습니다.

등교도 하지 않고 학과 공부도 전혀 하지 않았지만 희한하게도 시험 답안지 쓰는 요령만큼은 좋아 어떻게든 고향에 있는 부모님을 속여왔습니다. 결국 출석 일수 부족 등으로 학교 측에서 은밀히 고향에 있는 아버지에게 보고한 듯, 아버지 대리로 큰형이 엄중한 문장의 긴 편지를 보내오는 지경에 이르렀습니다. 그렇지만 그보다도 저의 직접적인 고통은 돈이 없다는 것, 그리고 운동권 세력과 관련된 일이 도저히 반장난으로 삼아 할 수 없을 만큼 과격하고 바빠졌다는 것이었습니다. 중앙 지구인지 무슨 지구인지, 어쨌든 저는 혼고, 고이시카와, 시타야, 간다 일대에 있는 학교 전체의 마르크스 학생 행동대 대장이 되어 있었습니다. 무장봉기라는 말을 듣고 작은 칼을 사서(지금 생각하면 그건 연필을 깎기에도 부족한, 호리호리한 칼이었습니다) 레인코트 주머니에 넣고 여기저기 뛰어다니면서 소위 '연락'을 취했습니다. 술을 마시고 푹 자고 싶었지만 돈이 없었습니다. 게다가 P(당을 그런 은어로 불렀던 것으로 기억하는데, 어쩌면 아닐 수도 있습니다) 쪽에서는 잠시도 숨 돌릴 새를 주지 않고 연달아 일을 의뢰했습니다. 저의 약한 몸으로는 도저히 감당해낼 수 없게 됐습니다. 원래 비합법이라는 흥미만으로 그 그룹 일을 도왔을 뿐인데 이렇게나, 그야말로 말이 씨가 된 것처럼 이상하리만큼 바빠지니 저는 스멀스멀 P의 사람들에게 "번지수 잘못 찾은 거 아닙니까? 당신들 직계 사람들에게 시켜야 하는 거 아닙니까?" 하고 따지고 싶은 께름칙한 마음이 가시지 않아 도망쳤습니다. 도망쳐서도 기분이 좋지 않아 결국 죽기로 했습니다.

그 무렵, 저에게 특별히 호감을 보이던 세 여자가 있었습니다.

한 명은 제가 하숙하는 선유관의 딸이었습니다. 그 딸은 제가 운동권 세력을 돕고 녹초가 되어 돌아와 밥도 먹지 않고 쓰러져 잠을 자려고 하면 꼭 편지지와 만년필을 들고 제 방으로 올라와서는 "죄송해요. 아래층에서는 여동생이랑 남동생이 망아지처럼 뛰놀아서 차분하게 편지도 못 쓰겠어요" 하고 제 책상에 앉아 한 시간 넘도록 뭔가를 쓰곤 했습니다.

저 또한 모른 체하고 자면 그만인데 그 딸이 아무래도 제가 뭔가 말해줬으면 하는 눈치를 보였습니다. 결국 수동적인 봉사 정신을 발휘해, 정말 한마디도 내뱉고 싶지 않은 기분이었지만 너덜너덜하게 지친 몸에 흐음, 하고 기합을 넣고는 엎드려 누워 담배를 피우며 말했습니다.

"여자한테 받은 러브레터로 불 피우고 목욕물을 데워 들어간 남자가 있다더군요."

"어머, 망측해라. 당신이죠?"

"우유를 데워 마신 적은 있지요."

"영광이네요, 실컷 마시세요."

이 사람 빨리 좀 안 가나. 편지라니, 속이 빤히 보이는데. 분명 그림도 글씨도 아닌 무언가(원문은 헤노헤노모헤지へのへのもへじ로, 간단한 멜로디에 맞춰 히라가나로 사람 얼굴을 그린 것-역주)를 그리고 있을 거면서.

"보여줘봐."

죽어도 보기 싫은 기분으로 제가 그렇게 말하자 "어머, 싫어요, 어머나, 싫다고요"라고 말하면서 기뻐하는 얼굴로 오두방정을 떨어대는 바람에 저는 흥이 다 깨졌습니다. 그래서 잔심부름이나 시키자, 하고 생각했습니다.

"미안한데, 전찻길에 있는 약국에 가서 칼모틴(불면증과 신경쇠약 등을 치료하는 데 쓰이는 약-역주) 좀 사다 줄 수 있어? 너무 피곤하고 얼굴이 달아올라 잠이 잘 안 오네. 미안해. 돈은……."

"됐어요, 돈 같은 건."

기꺼이 일어납니다. 잔심부름시키는 일은 결코 여자를 시들게 하는 일이 아닙니다. 여자는 오히려 남자에게 소일거리를 부탁받고 기뻐한다는 심리를 저는 잘 알고 있었습니다.

또 한 사람은 여자고등사범학교(여교원을 양성하는 기관을 말한다-역주) 문과생인 이른바 '동지'였습니다. 이 사람과는 운동일 때문에 싫어도 매일 얼굴을 마주해야만 했습니다. 회의가 끝난 후에도 그 여자는 언제까지고 제 뒤꽁무니를 따라다녔고 이것저것 자꾸만 사주었습니다.

"날 친누나라고 생각해도 돼."

그 아니꼬움에 몸을 부르르 떨면서도 저는 "이미 그렇게 생각하고 있어요" 하고, 수심에 찬 웃는 표정으로 가다듬으면서 대답했습니다. 아무튼 화내면 무섭다, 어떻게든 얼버무려야 한다는 생각 하나만으로 저는 결국 그 추악하고 불쾌한 여자에게 봉사했고, 물건을 선물받으면(사 온 물건은 정말이지 취향이 독특한 것들뿐이라 저는 대부분 꼬치구이집 아저씨에게 냉큼 줘버렸습니다) 기뻐하는 얼굴로 농담을 던지며 웃기곤 했습니다. 어느 여름밤에는 좀 처럼 떨어지지 않길래 길거리 으슥한 곳에서 그 사람이 얼른 갔으면 하는 마음에 키스를 해줬더니 방정맞게 미친 듯이 흥분하고는 차를 불렀습니다. 그리고 그 동지들이 운동 활동을 위해 비밀리에 빌린 건물 사무실 같은 비좁은 서양식 방으로 저를 끌고가 아침까지 한바탕 난리를 치렀고, 저는 어처구니없는 누나다, 하고 남몰래 실소를 터뜨렸습니다.

하숙집 딸이건 또 이 '동지'이건 제 의지와 상관없이 매일 얼굴을 봐야 하니 지금까지의 다양한 여자들처럼 교묘히 피할 도리가 없거니와 불안한 마음에 그만 두 사람의 비위를 언제까지고 질질 맞추다 보니, 어느새 저는 철커덕 쇠사슬에 묶인 신세가되어 있었습니다.

같은 시기에 또 저는 긴자에 있는 어느 큰 카페 여급에게 뜻밖의 도움을 받았습니다. 딱 한 번 만났을 뿐인데도 그 도움을받은 일이 마음에 걸려 역시 꼼짝 못 할 정도의 걱정과 말 못할 두려움을 느꼈습니다. 그 무렵에는 굳이 호리키의 안내에 기대지 않아도 혼자서 전차도 탈 수 있고, 또 가부키 극장에도 갈수 있고 혹은 가스리(서민들 사이에서 보급된 직물 기법으로 만든 값싼 옷-역주)를 입고 카페에도 들어갈 정도의 적잖은 뻔뻔함을 가장할 수 있게 되었습니다. 속으로는 여전히 인간의 자신감과 폭력성을 의심하고 두려워하고 고민하면서도 겉으로는 조금씩 타인과 제대로 인사, 아니, 아닙니다, 저는 역시 패배한 광대의 쑥

쓸한 미소를 짓지 않으면 인사를 할 수 없는 천성입니다만, 아무튼 정신없이 안절부절못하는 인사일지라도 가까스로 할 수 있는 정도의 '기량'을, 그 운동 일로 동분서주한 덕에? 혹은 여자? 아니면 술? 무엇보다 금전적인 불편함 덕에 터득해가고 있었습니다. 어디에 있어도 두렵다면 차라리 큰 카페에서 수많은 취객 혹은 여급들, 보이들과 부대끼며 섞여 있는 게 저의 이 끝도 없이 쫓기는 듯한 마음도 진정되지 않을까 싶었습니다. 그래서 10엔을 들고 긴자의 큰 카페에 혼자 들어가 웃으면서 상대 여급에게 "십 엔밖에 없으니까, 그렇게 알고 알아서 해줘요" 하고 말했습니다.

"걱정하지 마세요."

어딘가 간사이 지방 사투리가 묻어났습니다. 그리고 그 한마디를 듣자 기묘하게 저의 오들오들 떨리던 마음이 제풀에 진정되었습니다. 아니, 돈 걱정할 필요가 없어졌기 때문은 아닙니다. 그 사람 옆에 있으면 걱정할 필요가 없겠다는 느낌이 들었던 겁니다.

저는 술을 마셨습니다. 그 사람이 있어서 안심됐는지 되레 광대를 연기할 마음도 들지 않아, 제 본성인 과묵하고 음산한 모습을 숨김없이 보이며 말없이 술을 마셨습니다.

"이런 거, 좋아하세요?"

여자는 제 앞에 별의별 요리를 다 펼쳐놓았습니다. 저는 고개를 저었습니다.

"술만 마시려고요? 나도 마셔야지."

가을, 추운 밤이었습니다. 저는 쓰네코(라고 말한 걸로 기억하는데 기억이 엷어져 확실치는 않습니다. 동반 자살을 기도한 상대의 이름조차 잊어버린 저입니다)가 일러준 대로 긴자 뒷골목의 길거리 노점 어느 초밥집에서 맛도 없는 초밥을 먹으면서(그 여자 이름은 잊어버려도 그때 초밥이 맛이 없었다는 것만은 어째서인지 또렷이 기억에 남아 있습니다. 그리고 구렁이 얼굴처럼 생긴 민머리 아저씨가 고개를 요리조리 흔들며 마치 초밥 장인 행세를 하며 초밥을 쥐던 모습도 눈앞에 보이듯 선명하게 떠올릴 수 있어서 훗날 전차에서 음, 낯익은 얼굴인데, 하며 더듬더듬 생각하다가 뭐야, 그때 그 초밥집 아저씨를 닮았군, 하고 깨달아 쓴웃음을 지은 적도 두세 번 있을 정도입니다. 그 여자의 이름이나 얼굴 생김새는 기억에서 흐릿해진 지금도 그 초밥집 아저씨 얼굴만큼은 여전히 그림으로 그릴 수 있을 정도로 정확하게 기억하다니, 그때 그 초밥이 어지간히 맛이 없고 저에게 추위와 고통을 주었나 봅니다. 원래 저는 누가 맛있는 초밥을 내놓는 가게라며 끌고 가도 맛있다고 느낀 적은 한 번도 없습니다. 너무 컸습니다. 엄지만 한 크기로 딱 만들 수는 없을까, 하고 늘 생각했습니다) 그 사람을 기다렸습니다.

그 사람은 혼조에 있는 목수네 집 2층에 세 들어 살고 있었습니다. 저는 그 2층에서 평소의 음울한 제 마음을 조금도 숨기지 않고 지독한 치통이라도 앓고 있는 듯이 한 손으로 뺨을 괴고 차를 마셨습니다. 그러나 저의 그런 모양새가 오히려 그 사람 마음에 든 눈치였습니다. 그 사람도 몸 주위로 늦가을 찬 바람에 가랑잎만 너울대는, 완전히 고립된 분위기를 풍기는 여자였습니다.

같이 누워 있으면서 그 사람은 저보다 두 살 연상이라는 것과 고향이 히로시마라는 얘기를 했습니다. 그러고는 저는 남편이 있어요, 히로시마에서 이발소를 하다가 작년 봄에 같이 집을 나와 도쿄로 도망쳤는데 남편은 도쿄에서 제대로 된 일을 구하지 못하다 머지않아 사기죄에 걸려 교도소에 들어갔어요, 매일 이것저것 챙겨주기 위해 교도소를 다니고 있었는데 내일부터 그만둘 거예요, 하고 이야기보따리를 풀었습니다. 하지만 저는 어째서인지 여자들의 신세 넋두리에는 조금도 흥미를 느낄 수 없는 성질인 사람인지라, 여자들이 말주변이 없는 탓인지, 이야기의 중점을 두는 방법이 잘못됐는지 아무튼 늘 마이동풍으로 흘려들었습니다.

쓸쓸하다.

저는 여자들이 내뱉는 천 마디 신세 넋두리보다 그 한마디 혼잣말에 틀림없이 더 공감할 것이라 기대했지만, 끝내 이 지상 여자들에게 한 번도 그 말을 듣지 못했고 저는 그것을 괴상하고 불가사의하게 느낍니다. 하지만 그 사람은 '쓸쓸하다'라고 말만 하지 않았지, 무언의 끔찍한 쓸쓸함이 몸 윤곽 바깥으로 한 치쯤 되는 너비의 기류처럼 흐르고 있었습니다. 그 사람에게 다가가면 제 몸도 그 기류에 에워싸였는데 제가 지닌 다소 뾰족뾰족한 음울한 기류와 알맞게 뒤섞여 '강물 아래 바위에 엉겨 붙은 마른 잎'처럼 제 몸은 공포와 불안으로부터 멀어질 수 있었습니다.

백치 매춘부들 품에 안겨 안심하고 푹 잠들던 기분과는 또 전혀 다르게(무엇보다 그 매춘부들은 밝았습니다) 그 사기죄를 저지른 범인의 아내와 보낸 하룻밤은 저로서는 행복하고(이런 가당찮은 말을 아무 주저 없이 긍정적으로 사용하는 일은 이 수기 전체를 통틀어 두 번 다시 없을 겁니다) 해방된 밤이었습니다.

그러나 단 하룻밤이었습니다. 아침에 눈을 뜨자마자 박차고 일어났더니 저는 원래의 경박하고 작위적인 광대가 되어 있었습니다. 겁보는 행복조차도 무서워하는 법입니다. 솜으로 맞아도 부상을 당합니다. 행복에도 상처를 입습니다. 저는 상처받기 전에 빨리, 이대로 헤어져야 한다는 마음에 초조해진 나머지 광대 짓으로 연막작전을 펼치고 말았습니다.

"돈이 떨어지면 연도 끊어진다는 말 있잖아, 그건 해석이 잘못됐어. 돈이 떨어지면 여자한테 버림받는다는 뜻이 아니야. 돈이 떨어지면 남자는 제풀에 의기소침해져서 영 못쓰게 되고 웃는 소리에도 힘이 없고 공연히 비뚤어지거든. 자포자기하는 심정으로 결국 남자 쪽에서 여자를 차는, 반쯤 미친 사람처럼 차고 또 차고 들입다 찬다는 뜻이지. 가나자와 대사전이라는 책에 그렇게 적혀 있더군, 가엾게도. 그 심정은 나도 알 것도 같지만."

분명 그런 식의 시답잖은 말을 했더니 쓰네코가 웃음을 터뜨렸던 기억이 있습니다. 궁둥이가 무거우면 탈이 생긴다고 세수도 하지 않고 재빨리 물러났지만, 그때 제가 멋대로 말했던 '돈이 떨어지면 연도 끊어진다'라는 뚱딴지같은 말이 얼마간 시간이 흐른 후에 뜻밖의 계기를 만들어냈습니다.

그 뒤로 한 달 동안 저는 그날 밤의 은인을 만나지 않았습니다. 헤어진 후 시간이 흐를수록 환희는 보얗게 희미해지고, 오히려 잠깐 신세를 진 일이 되레 감당이 안 될 만큼 무서워져 제멋대로 심한 속박을 느꼈습니다. 그날 카페에서 쓰네코가 술값을 전부 내줬던 세속적인 일마저 점점 신경이 쓰였으며, 쓰네코역시 하숙집 딸이나 그 여자고등사범학교 여학생과 마찬가지로 저를 협박하는 여자라는 생각이 들어 멀리 떨어져 있는데도 하염없이 쓰네코에게 겁을 먹었습니다. 게다가 저는 함께 잠을 잤던 여자를 다시 만나면 별안간 저에게 불호령이 떨어질 것만 같은 기분을 떨칠 수가 없어 만나는 걸 되도록 피하는 성격이었던지라 괜히 더 긴자를 꺼리게 되었습니다. 그러나 피하는 성격은 결코 제가 교활해서가 아니라, 여성들이란 잠자리를 가진 후와 아침에 일어난 후, 그 사이를 단 한 올도 연결 짓지 않고 완전히 망각한 듯 두 세계를 완벽하게 단절해 살아간다는 그 불가사의한 현상을 미처 몰랐기 때문입니다.

11월 말, 저는 호리키와 간다에 있는 길거리 노점에서 값싼술을 마셨습니다. 그런데 이 나쁜 벗은 그 노점에서 나온 뒤에도 다른 곳에서 더 마시자고 주장했고 우리는 더 이상 돈이 없었는데도 마시자, 마시자, 하고 버텼습니다. 그때 저도 술기운에 대담해졌나 봅니다.

"그래, 그렇담 꿈의 나라로 데려가 주지. 놀라지 마시라, 주지육림(술이 못을 이루고 고기가 수풀을 이룬다는 뜻-역주)이라는……."

"카페냐?"

"그래."

"가자!"

단호한 결정에 둘이서 노면 전차를 탔고 호리키가 들떠서 말했습니다.

"오늘 밤에 나는 여자에 굶주려 있어. 여급한테 키스해도 되겠냐?"

저는 호리키가 그런 추태를 부리는 연기를 그리 좋아하지 않았습니다. 호리키도 그걸 알고 있는 터라 저에게 거듭 확인한 겁니다.

"알겠지? 키스할 거다. 내 옆에 앉는 여급한테 꼭 키스할 테야. 알겠냐?"

"좋을 대로 해."

"고맙다! 내가 요즘 여자에 굶주리고 살았거든."

긴자 4가에 내려 그 주지육림이라는 큰 카페에 쓰네코만 믿고 거의 무일푼으로 들어가 비어 있는 칸막이 좌석에 호리키와 마주 보며 앉았습니다. 그랬더니 바로 쓰네코와 또 다른 여급 한 명이 달려와서는 처음 보는 여급이 내 옆에, 쓰네코가 호리키 옆에 폴싹 걸터앉아서 저는 가슴이 덜컥 내려앉았습니다.

'쓰네코는 조만간 키스를 당한다.'

분하다는 마음은 아니었습니다. 저는 원래 소유욕이 약하고, 또 어쩌다 어렴풋이 분하다는 마음이 들어도 그 소유권을 단호히 주장하면서 남과 언쟁할 만한 기력이 없었습니다. 먼 훗날 내연관계인 아내가 능욕당하는 장면을 가만히 지켜보기만 했던 적조차 있을 정도입니다.

저는 인간이 옥신각신 다투는 일에 가능한 한 참견하고 싶지 않았습니다. 그 소용돌이에 휘말릴까 조마조마했습니다. 쓰네코와 저는 하룻밤을 보낸 사이일 뿐입니다. 쓰네코는 제 것이 아닙니다. 분하다느니 그런 무례한 욕망을 느낄 제가 아닙니다. 그렇지만 저는 가슴이 덜컥 내려앉았습니다.

제 눈앞에서 호리키의 맹렬한 키스를 당하는 쓰네코의 신세가 가엾게 느껴졌기 때문입니다. 호리키에게 더럽혀진 쓰네코는 나와 헤어져야만 할 테지, 게다가 나에게도 쓰네코를 붙잡을 정도의 적극적인 열정은 없다, 아아, 이제 이걸로 끝났다, 하고 쓰네코의 불행에 순간적으로 가슴이 덜컥 내려앉았지만 이내 저는 흐르는 물처럼 고분고분 포기하고, 호리키와 쓰네코의 얼굴을 번갈아 보며 픽 웃었습니다.

하지만 사태는 정말이지 난데없이 더욱더 나쁘게 전개되었습니다.

"그만두련다!"

호리키가 입을 비죽대며 말했습니다.

"아무리 그래도 이런 청승맞은 여자한테는……."

손쓸 도리가 없다는 듯이 팔짱을 낀 채 쓰네코를 멀뚱멀뚱 응시하면서 쓴웃음을 지었습니다.

"술 좀. 돈은 없어."

저는 목소리를 낮춰 쓰네코에게 말했습니다. 그야말로 온몸이 흠뻑 젖을 만큼 마시고 싶은 심정이었습니다. 소위 속물의 눈으로 보면 쓰네코는 취한이 키스할 가치도 못 느끼는, 그저 초라하고 청승맞은 여자였던 겁니다. 뜻밖이랄까 의외랄까, 저는 날벼락을 맞아 산산조각이 난 기분이었습니다. 저는 이제껏 그랬던 적이 없을 정도로 끝없이 술을 마시고 비칠비칠 취해서 쓰네코와 얼굴을 마주 보며 서로 슬프게 웃었습니다. 과연 듣고 보니 묘하게 지쳐 있는 청승궂기만 한 여자구나, 하는 생각이 들면서도 돈 없는 사람끼리의 친화(빈부의 불화는 진부한 것 같아도 역시 드라마의 영원한 테마 중 하나라고 저는 지금은 그렇게 생각합니다만) 그것이, 그 친화감이 가슴에 벅차올라서 쓰네코가 사랑스러워 보이고, 태어나서 처음으로 자진해서 적극적으로 미약하나마 사랑의 마음이 움트는 것을 자각했습니다. 토했습니다. 정신을 잃었습니다. 술을 마시고 이렇게 이성을 잃을 만큼 취한 것도 그때가 처음이었습니다.

정신을 차리니 머리맡에 쓰네코가 앉아 있었습니다. 혼조의 목수네 집 2층 방에 드러누워 있었던 겁니다.

"돈이 떨어지면 연도 끊어진다느니 어쩐다느니, 농담인 줄 알았는데 진심이었네? 통 오지를 않아. 연도 참 어렵게 끊는다. 내가 벌어줘도 안 되는 거야?"

"안 돼."

그러곤 여자도 누웠는데, 새벽녘에 여자 입에서 '죽음'이라는 단어가 처음 나왔습니다. 여자도 인간으로 살기 위해 매일 반복하는 행위에 지쳐 있는 듯했고, 저도 세상에 대한 공포, 번거로움, 돈, 지하 운동, 여자, 학업을 생각하니 더는 참고 살아갈 수 없을 것 같아서 그 사람의 제안에 가뜬하게 동의했습니다.

하지만 그때는 아직 현실감각으로 '죽자'는 각오가 되어 있지 않았습니다. 어딘가 '반장난'이라는 감정이 숨어 있었습니다.

그날 오전 우리 둘은 아사쿠사 6구를 배회했습니다. 찻집에 들어가 우유를 마셨습니다.

"당신이 일단 내요."

자리에서 일어나 소맷자락에서 동전 지갑을 꺼내 똑딱 하고 열었더니 동전이 세 닢. 수치심보다 처참함에 사로잡혔고 홀연 뇌리를 훑고 지나간 것은 선유관의 방, 교복과 이불만 있을 뿐 나머지는 전당포에 들고 갈 만한 물건조차 하나 없는 황량한 방, 그 외에는 지금 입고 있는 평상복 기모노와 망토, 이게 내 현실이다, 살아갈 수 없다, 하고 똑똑히 깨달았습니다.

제가 우물쭈물하고 있으니 여자도 일어서서 제 지갑을 들여다보고는 말했습니다.

"세상에, 그게 다야?"

부정적인 울림은 없었지만, 그 한마디가 찌릿 뼛속까지 스며 아렸습니다. 제가 처음으로 사랑한 사람이 한 말이었던 만큼 쓰라렸습니다. 그것뿐이든, 이것뿐이든, 동전 세 닢은 애초에 돈도 아닙니다. 그건 제가 이제껏 맛본 적 없는 기묘한 굴욕이었습니다. 도저히 살아갈 수 없는 굴욕이었습니다. 이러니저러니 해도 그 무렵의 저는 아직 부잣집 도련님이라는 종족에서 벗어나지 못했던 겁니다. 그때 비로소 저는 자진해서 죽자고, 현실감각으로 결심했습니다.

그날 밤, 우리는 가마쿠라의 바다에 몸을 던졌습니다. 여자는 오비(기모노 허리 부분을 감싸는 띠-역주)는 가게 친구한테 빌린 거니까, 하고 오비를 풀고는 접어서 바위 위에 두었습니다. 저도 같은 곳에 망토를 벗어두고 함께 물에 들어갔습니다.

여자는 죽었습니다. 그리고 저만 살아남았습니다.

제가 고등학생이기도 했고 또 아버지 이름도 알려져 있다 보니 뉴스 가치가 있었는지, 신문에도 제법 큰 문제로 다뤄진 모양이었습니다.

저는 해변의 병원에 수감되었고, 고향에서 친척 한 명이 달려와 갖가지 뒤처리를 해주고는 고향에 있는 아버지를 비롯해 온 식구가 격분하고 있으니 앞으로 본가와 의절하게 될지도 모른다는 말을 전달하고 돌아갔습니다. 그러나 저는 그런 것보다 죽은 쓰네코가 그리워 훌쩍훌쩍 울기만 했습니다. 정말로 여태껏 만난 사람 중에서 그 청승맞은 쓰네코만 좋아했던 겁니다.

하숙집 딸한테서 단가(5·7·5·7·7 리듬으로 구성된 짤막한 시-역주)를 오십 수나 죽 늘어놓은 긴 편지가 왔습니다. '살아만 주오'라는 이상한 말로 시작하는 단가만 오십 수였습니다. 또 제 병실에는 간호사들이 밝게 웃으며 놀러 오곤 했는데, 그중에는 제 손을 꼭 쥐고 돌아가는 간호사도 있었습니다.

병원에서는 제 왼쪽 폐에 문제가 있다는 사실이 발견됐는데 이 일은 오히려 저에게 유리하게 작용했습니다. 이윽고 자살방조죄라는 죄명으로 병원에서 경찰서로 끌려갔습니다만 그들이 저를 환자로 취급한 덕분에 특별히 경찰서 내에 설치된 보호실에 수감되었습니다.

한밤중에 보호실 옆 숙직실에서 당직을 서던 늙수그레한 순경이 문을 빠끔히 열고 "어이!" 하고 저를 부르더니 "춥지? 이쪽으로 와서 불 좀 쫴"라고 말했습니다.

저는 일부러 풀이 팍 죽은 척 시들시들 숙직실로 들어가 의자에 걸터앉고 화롯불을 쬐었습니다.

"여전히 죽은 여자가 그립지?"

"네."

더욱더 끊어질 듯한 가느다란 목소리로 대답했습니다.

"그게 인정이란 거지."

그는 점점 대담하게 나왔습니다.

"여자와 첫 관계를 맺은 곳이 어디인가?"

재판관이라도 된 듯 으스대며 물었습니다. 그는 저를 어린애라 얕잡아 보고 가을밤의 따분함을 달래고자 흡사 취조 주임이라도 된 것처럼 저에게 음란한 발언을 끄집어내려는 꿍꿍이인 듯했습니다. 재빨리 눈치를 챈 저는 복받치는 웃음을 참느라 사색이 됐습니다. 그런 순경의 '비공식 심문'에는 답변을 일절 거부해도 상관없다는 것을 저도 알고 있었지만, 긴긴 가을밤 흥을 돋우기 위해 저는 어디까지나 공손하게, 그 순경이야말로 수사팀 주임이며 형벌의 경중을 결정하는 것도 그 순경의 말 한마디에 달렸다는 것을 굳게 믿어 의심치 않는 것처럼 성의를 겉으로 표하면서 그의 음탕한 호기심을 얼마간 만족시킬 정도로 아무렇게나 '진술'했습니다.

"그래, 이제 대충 알겠군. 뭐든 정직하게 대답하면 우리도 감안할 걸세."

"감사합니다. 잘 부탁드립니다."

거의 입신의 경지에까지 이른 연기였습니다. 하지만 저를 위해서는 그 무엇도, 하나도, 득이 될 것 없는 열연이었습니다.

날이 밝자 저는 서장에게 불려 갔습니다. 이번에는 정식 취조였습니다.

문을 열고 서장실로 들어서자마자 그가 말했습니다.

"오, 훤칠한 남자로군. 뭐 자네가 잘못한 건 없어. 이렇게 훤칠한 남자로 낳은 자네 어머니 잘못이지."

가무잡잡한 피부에 대학 출신인 듯한 아직은 젊은 서장이었습니다. 다짜고짜 그런 말을 들은 저는 얼굴 반쪽에 불그죽죽한

반점이라도 끈적하게 들러붙은 것처럼, 추악한 반신불수라도 된 것처럼 비참한 기분이 들었습니다.

유도나 검도 선수 같은 이 서장의 취조는 실로 간결해서, 간밤에 그 늙은 순경의 은밀하고 집요하기 짝이 없던 호색한 '취조'와는 하늘과 땅 차이였습니다.

심문이 끝나자 서장은 검사국에 보낼 서류를 처리하면서 "건강을 챙기지 않으면 안 되겠군. 혈담이 나온다던데?"라고 말했습니다.

그날따라 아침에 자꾸 기침이 나서 기침이 날 때마다 손수건으로 입을 막았는데, 그 손수건에 붉은 싸라기눈이 내린 것처럼 핏자국이 묻어 있었습니다. 하지만 그건 목에서 나온 피가 아니라 지난밤 귀밑에 난 작은 부스럼을 만지작대다 그 부스럼에서 나온 피였습니다. 하지만 문득 그걸 밝히지 않는 편이 좋겠다는 생각이 들어서 가만히 "네" 하고 눈을 내리깐 채 고분고분 대답해두었습니다.

서장은 서류를 다 쓰고는 말했습니다.

"기소가 될지 어떨지 그건 검사가 결정할 일이지만, 자네의 신원 인수인에게 전보나 전화로 오늘 요코하마 검사국으로 와달라고 부탁하는 게 좋겠군. 누군가 있겠지, 자네 보호자나 보증인 같은 사람이."

아버지의 도쿄 별장에 들락거리던 서화書画 골동품상 시부타라는, 우리와 같은 고향 사람이면서 아버지 옆에서 장단을 맞추는 따리꾼 역할도 하던 땅딸한 사십 대 독신남이 학교 보증인으로 되어 있다는 사실이 떠올랐습니다. 그 남자 얼굴이, 특히 눈매가 넙치를 닮았다고 해서 아버지는 늘 그를 넙치라 불렀고 저도 따라서 그렇게 부르고 있었습니다.

저는 경찰서의 전화번호부를 빌려 넙치네 집 전화번호를 찾아내고는 전화를 걸어 요코하마 검사국으로 와달라고 부탁했습니다. 넙치는 사람이 송두리째 바뀐 것처럼 불손해진 말투였지만 그래도 어쨌든 수락해주었습니다.

"어이, 그 전화기 당장 소독하는 게 좋을 거야. 여하튼 혈담이 나온다니까."

보호실로 돌아오자 순경들에게 명령하는 서장의 우렁찬 목소리가 보호실에 앉아 있는 제 귀에까지 닿았습니다.

늦은 오후, 저는 얄따란 밧줄로 몸통을 포박당했고 그걸 망토로 가리는 것을 허락받았지만, 그 밧줄 끄트머리만큼은 젊은 순경이 꽉 잡은 채 우리 둘은 함께 전차를 타고 요코하마로 향했습니다.

하지만 저는 불안이 조금도 섞이지 않은 마음이었고, 도리어 그 경찰서의 보호실이며 늙은 순경이며 그리울 정도였는데, 아아, 저는 어째서 이 모양일까요? 죄인이 되어 묶이게 되니 도리어 마음이 놓여 차분해졌고, 그때의 추억을 떠올리며 글을 쓰는 지금도 쭉쭉 뻗어나가듯 참으로 즐거운 기분이 듭니다.

그러나 그 시기의 그리운 추억 중에서도 단 하나, 식은땀을 한 바가지 흘린 평생 잊을 수 없는 비참한 실책이 있었습니다. 저는 검사국의 어둑한 방에서 검사에게 간단한 취조를 받았습니다. 검사는 마흔 전후의 차분하고(가령 제가 미남일지라도 그것은 이른바 음탕한 미모일 테지만, 그 검사 얼굴은 정갈한 미모라고 부르고 싶을 만큼 총명하고 평온한 분위기를 지녔습니다) 옹졸하지 않은 인품인 듯해서 저도 전혀 경계하지 않고 긴장이 몽롱하게 이완된 채 진술했습니다. 그러다 느닷없이 기침이 나와 저는 소매에서 손수건을 꺼냈다가 문득 그 핏자국을 보고 이 기침 또한 뭔가 도움이 될지 모른다는 야비한 임기응변의 마음이 치솟아 콜록, 콜록 두 번쯤 기침하고 덤으로 가짜 기침을 야단스럽게 덧붙인 후, 손수건으로 입을 막은 채 검사 얼굴을 힐끗 보았습니다. 바로 그 순간 검사가 말했습니다.

"정말인가?"

고요한 미소였습니다. 식은땀이 한 바가지, 아니, 지금 떠올려도 뱅뱅 팽이 돌아가듯 정신을 못 차리겠습니다. 중학교 시절 바보천치 다케이치가 "시늉이네, 시늉"이라고 말하면서 제 등을 쿡쿡 찔러 지옥으로 떨어뜨렸던 그때의 기분보다 더 심하다고 해도 결코 과언이 아닙니다. 그때 일과 이번 일, 이 두 가지는 제 일생에서 연기를 완전히 실패한 기록입니다. 검사의 그런 고요한 모멸을 당할 바에는 차라리 십 년 형을 선고받는 편이 나았겠다고 생각할 때도 이따금 있을 정도입니다.

저는 기소 유예 처분을 받았습니다. 하지만 조금도 기쁘지 않

앗고, 유난히 비참한 기분으로 검사국의 대기실 벤치에 걸터앉
아 신원 인수인인 넙치가 오기를 기다렸습니다.

등 뒤의 높게 난 창 너머로 노을이 내려앉는 하늘이 보였고
갈매기가 '여女' 자를 그리며 날고 있었습니다.

세 번째 수기

1

다케이치가 한 예언 중 하나는 맞고 하나는 빗나갔습니다. 많은 여자가 반할 거라는 불명예스러운 예언은 맞았지만, 분명 훌륭한 화가가 될 거라는 축복 같은 예언은 빗나갔습니다.

저는 간신히 조악한 잡지사의 형편없는 만화가가 되었을 뿐입니다.

가마쿠라 사건으로 고등학교에서 쫓겨난 저는 넙치네 집 2층 다다미 석 장(한 장이 약 0.5평으로, 석 장은 1.5평쯤 된다-역주)짜리 단칸방에 틀어박혀 지냈습니다. 고향에서 다달이 쌈짓돈을, 그것도 저한테 직접 주는 게 아니라 남몰래 넙치에게 송금되는 듯했는데(게다가 그것도 고향에 있는 형들이 아버지 몰래 보내주는 것 같았습니다) 이 돈을 제외하고는 고향과의 모든 관계가 단절된 상황이었고 넙치는 늘 언짢은 얼굴이라 제가 선웃음을 건네도 웃지 않았습니다. 인간이란 이렇듯 간단히, 그야말로 손바닥 뒤집듯 바뀌는가 하고 한심스럽게, 아니 오히려 우스꽝스럽게 느껴질 정도로 딴사람처럼 변해서는 "나가면 안 됩니다. 아무튼 나가지 마세요" 하는 말만 되풀이했습니다.

넙치는 제가 자살할 우려가 있다고 여겼는지, 즉 여자 뒤를 쫓아 바다로 몸을 던질 위험이 있다고 판단했는지 저의 외출을 철저히 금했습니다. 하지만 술도 못 마시고 담배도 못 피우고 그냥 아침부터 밤까지 2층의 좁다란 방 고타쓰(일본의 좌식 온열 기구-역주)에 들어가서 기껏 오래된 잡지나 펄럭펄럭 넘기는 팔푼이 같은 생활을 하는 저에게는 자살할 기력조차 없었습니다.

넙치네 집은 오쿠보 의학전문학교 근처였는데 서화 골동품상 '청룡원'이라는 간판 글씨만 상당히 호기로울 뿐, 한 건물 안에 사는 두 세대 중 한 세대라 가게 폭도 좁고 내부는 허드레 물건만 진열해둔 채 풀썩풀썩 먼지만 날리는 데다(애초에 넙치는 그 가게의 물건을 파는 장사만 하는 건 아니고, 이른바 이쪽 나리의 귀한 물건을 저쪽 나리에게 소유권을 양도할 때 활약해 돈을 벌어들이는 것 같았습니다) 가게에 앉아 있는 일도 거의 없이 보통 아침부터 경직된 얼굴로 헐레벌떡 나가버렸습니다. 그 대신 열일고여덟쯤 되는 사내놈 한 명이 가게를 보고 저도 감시하는 역할을 했는데 틈만 나면 이웃집 아이들이랑 밖에서 캐치볼 따위를 하는 주제에 2층의 군식구를 마치 얼간이나 미치광이쯤으로 생각하는지 어른들이 할 법한 훈계까지 하며 저를 타이르곤 했습니다. 저는 남하고 언쟁을 못 하는 성격이라 피곤한 척, 혹은 감탄한 척하는 얼굴로 그 말에 귀를 기울이며 복종했습니다. 이 사내놈은 시부타의 숨겨놓은 자식인데 피치 못할 사정이라도 있는지 시부타는 아들을 아들이라 부르지도 못했고 시부타가 여태 독신인 것도 뭔가 그것과 관련이 있는 듯했습니다. 예전에 고향 식구들에게서 그에 관한 소문을 언뜻 들은 것도 같지만, 아무래도 타인이 처한 처지에는 대체로 무관심한 편이라 깊은 내막은 아무것도 모릅니다. 그렇지만 그 사내놈의 눈매에도 묘하게 생선 눈을 연상케 하는 데가 있는 걸 보면 혹은 정말로 넙치의 숨겨놓은 자식……. 그렇다면 그 둘은 정말이지 외로운 부자였습니다. 야밤에 2층에 있는 저에게는 비밀로 하고 둘이서 메밀국수 같은 걸 배달시켜 묵묵히 먹는 일도 있었습니다.

넙치네 식사는 늘 그 사내놈이 만들었습니다. 2층의 군식구 식사만큼은 따로 쟁반에다 받쳐 사내놈이 삼세번 모두 2층으로 들고 와주었는데, 넙치와 사내놈은 계단 아래 습기 찬 다다미 넉 장 반쯤 되는 방 안에서 잘칵잘칵 식기 부딪치는 소리를 내며 허겁지겁 밥을 먹었습니다.

3월 말의 어느 저녁, 넙치는 생각지도 못한 돈벌이라도 얻어냈는지, 아니면 뭔가 다른 책략이라도 있었는지(두 가지 짐작이 모두 맞았다 한들, 아마 저 같은 사람은 도저히 짐작할 수 없는 자질구레한 원인도 몇 가지 더 있었겠지만) 하여간 어떤 바람이라도 분 모양인지 저를 격식 갖춘 술병까지 곁들인 아래층 식탁으로 초대했습니다. 넙치가 아닌 다랑어 회로 만찬을 준비해놓고는 집주인 스스로 가볍게 탄성을 지르며 자찬하더니 우두커니 있는 군식구에게도 술을 약간 권하고는 말했습니다.

"어떡할 작정입니까, 도대체, 앞으로."

그 말에 대답하지 않고 저는 식탁 위 그릇에 담긴 뱅어포를 집어 들었습니다. 그 치어들의 은색 눈알을 보고 있자니 취기가 보얗게 퍼져 놀고 마시던 시절이 그립고, 호리키마저 그립고, 정말이지 '자유'를 얻고 싶어 훌쩍 눈물이 나올 것만 같았습니다.

이 집에 온 후로 저는 광대를 연기할 의욕조차 사라져 그저 넙치와 사내놈의 멸시 속에 몸담고만 살았습니다. 넙치 또한 저와 마음을 터놓고 길게 말을 나누는 것을 꺼리는 낌새였고, 저도 그런 넙치를 쫓아다니며 무언가를 호소할 의욕이 생기지 않아 저는 거의 꼴통 낮짝을 한 군식구가 되어 있었습니다.

"기소 유예라는 게 전과 몇 범이라느니, 그렇게 되지는 않는 모양입니다. 그러니까 뭐, 마음가짐 하나로 갱생할 수 있다는 겁니다. 당신이 만약 깊이 반성하고 저에게 먼저 진지하게 상담을 청한다면, 저도 생각해보겠습니다."

넙치가 말하는 방식은, 아니, 세상 모든 사람이 말하는 방식은 이처럼 알아듣기 어렵고 어딘지 모르게 명확하지 않으며 책임을 회피하려는 듯한 미묘한 복잡함이 있습니다. 대부분이 무익하다고 느껴질 정도의 엄중한 경계와 무수하다고 해도 좋을 정도의 성가신 흥정에 저는 늘 당혹스러워서, 될 대로 되라는 기분이 들어 광대 짓으로 눙치거나 무언의 수긍으로 모든 것을 맡기는 이른바 패배자의 태도를 보이고 맙니다.

이때도 넙치가 저를 향해 대략 다음과 같이 간단히 보고했다면 그걸로 끝날 일이었음을 저는 나중에야 알게 되었고 넙치의 불필요한 조심성, 아니, 세상 사람들의 이해할 수 없는 허영, 체면치레에 아무튼 침울한 기분을 느꼈습니다.

넙치는 그때 그저 이렇게 말하면 됐습니다.

"관립이건 사립이건 어쨌든 사월부터는(일본은 학기가 4월에 시작된다-역주) 어느 학교든 들어가십시오. 당신 생활비는 학교만 들어가면 고향에서 모자람 없이 보내주기로 얘기가 됐습니다."

한참의 시간이 흐른 후에야 알았지만, 사실은 그렇게 되어 있었습니다. 그럼 저도 그 지시에 따랐을 겁니다. 그런데 넙치가 이상하리만큼 신중하게 에둘러 말한 바람에 묘하게 일이 어그러져 제가 살아갈 방향도 헤까닥 바뀌어버렸습니다.

"진지하게 저에게 상담을 청할 마음이 없다면, 어쩔 수 없습니다만."

"무슨 상담을?"

저는 정말 아무런 감도 잡을 수 없었습니다.

"그건 당신 가슴에 있지 않겠습니까?"

"예를 들면?"

"예를 들면이라니요, 당신, 앞으로 어떻게 할 작정입니까?"

"일을 하는 게 좋을까요?"

"아니, 당신 마음이 도대체 어떠냐는 겁니다."

"하지만 학교에 간다고 해도……."

"그야 돈이 듭니다. 그렇지만 문제는 돈이 아닙니다. 당신의 마음이지요."

돈은 고향에서 보내주기로 되어 있다, 왜 그 한마디를 하지 않았을까요. 그 한마디면 제 마음도 정해졌을 터인데, 저는 그저 오리무중이었습니다.

"어떻습니까? 뭔가 장래 희망 같은 게 있습니까? 하여간 사람 하나 거두어 보살피는 게 얼마나 품이 드는 일인지, 보살핌을 받는 사람은 알 턱이 없지요."

"죄송합니다."

"정말이지 걱정입니다. 저도 일단은 당신을 거둬들이기로 한 이상, 당신이 마냥 어정쩡한 상태로 지내지 않았으면 합니다. 멋지게 갱생의 길을 걷겠다는 각오 정도는 보여주기를 원합니다. 이를테면 당신의 장래 방침, 그 방침에 대해 자진해서 저에게 진지하게 상담을 청한다면 저도 그 상담에는 응할 작정입니다. 물론 아무래도 가난한 넙치의 지원이니 예전 같은 호사를 누리려 한다면 여간 실망이 아닐 겁니다. 하지만 당신 마음이 확고하고 장래 방침을 똑똑히 세워 저에게 상담한다면 비록 작은 힘일지 언정 당신의 갱생을 위해 힘껏 도울 생각까지 하고 있습니다. 이해하셨습니까? 저의 마음을. 도대체 당신은 앞으로 어떻게 할 작정입니까?"

"여기 이 층에서 못 지낸다면 일을 해서……."

"진심으로 그런 말을 하는 겁니까? 지금 이 시국에 설령 제국 대학교를 나온다 한들……."

"아닙니다, 샐러리맨이 되겠다는 게 아닙니다."

"그럼 뭡니까?"

"화가입니다."

결심한 듯 그렇게 말했습니다.

"네에?"

목을 한껏 움츠리고 웃는 넙치의 얼굴에 교활하기 짝이 없는 그늘이 드리운 것을 잊을 수가 없습니다. 경멸의 그늘과 비슷한 것 같기도 하고 아닌 것 같기도 하고, 세상을 바다로 비유한다면 바다의 저 깊은 곳에나 그런 기묘한 그늘이 일렁일 것 같은, 뭐랄까, 어른이 살아가는 방식의 민낯을 살짝 내비친 듯한 웃음이었습니다.

그래서야 얘기고 뭐고 아무것도 안 된다, 각오를 단단히 할 마음이 조금도 없다, 생각해봐라, 오늘 하룻밤 진지하게 생각해봐라, 라는 말을 듣고 저는 쫓기듯 2층으로 올라가 누웠습니다. 하지만 달리 아무런 생각도 떠오르지 않았습니다. 그렇게 동틀 녘이 되었고 저는 넙치네 집에서 도망쳤습니다.

'저녁나절에 반드시 돌아오겠습니다. 왼쪽에 적어둔 친구 집에서 장래 방침에 대해 의논하고 올 테니 염려 마십시오. 정말로.'

편지지에 연필로 큼지막하게 쓰고, 아사쿠사에 사는 호리키 마사오의 주소와 성명을 남긴 후 몰래 넙치네 집을 나왔습니다.

넙치에게 설교를 들었다는 사실이 분해서 도망친 건 아니었습니다. 아닌 게 아니라 저는 넙치 말대로 의지가 확고하지 못한 남자고, 장래 방침이고 뭐고 아무 계획도 세울 수 없는데 계속해서 넙치네 애물단지가 되어서야 넙치에게도 가엾은 일이고, 만에 하나 분발할 마음이 생겨 뜻을 세운다 해도 그 갱생 자금을 가난한 넙치에게 다달이 지원받는다고 생각하니 몹시 괴로워서 도저히 가만히 있을 수가 없었기 때문입니다.

그렇지만 정말로 '장래 방침'을 호리키 따위에게 의논하러 갈 요량으로 넙치네 집을 나온 것도 아니었습니다. 그건 단지 조금이나마, 잠시나마 넙치를 안심시켜두고 싶어서(그 사이에 조금이라도 먼 곳으로 도망치고 싶다는 탐정소설 같은 책략으로 통보식 편지를 썼다기보다는, 아니, 그런 기분도 어렴풋이 있었겠지만, 그보다도 역시 넙치에게 예상치 못한 충격을 가해 그를 혼란에 빠트려 황망하게 만드는 것이 두려웠을 뿐이라고 말하는 편이 어느 정도 정확할 것 같습니다. 어차피 들통날 게 불 보듯 뻔한데도 사실대로 말하는 게 두려워서 꼭 뭔가 장식을 덧붙이는 것이 저의 슬픈 성미 중 하나로, 그건 세상 사람들이 '거짓말쟁이'라 부르며 경멸하는 성격과 닮아 있습니다. 하지만 저는 제가 이익을 보려고 그런 장식을 덧붙인 적은 거의 없고, 단지 분위기가 불현듯 식어 흥이 깨지는 것이 질식할 정도로 두려워서, 나중에 저에게 불이익이 될 거라는 사실을 알면서도 저의 '필사적인 봉사', 그게 설령 뒤틀리고 미약하며 어리석은 짓일지언정 그 봉사 정신 때문에 절로 한마디 장식을 덧붙이게 되는 경우가 많았던 것 같습니다. 하지만 이 습성 역시 항간의 소위 '정직한 사람'들에게 실컷 이용당했습니다) 그때 문득 기억 저 아래에서 떠오르는 대로 호리키의 주소와 이름을 편지지 끝에 남겼을 뿐입니다.

넙치네 집을 나서서 신주쿠까지 걸어가 품에 넣어온 책을 팔고 나니 아니나 다를까 반쯤 넋이 나가고 말았습니다. 저는 모두에게 상냥했지만 '우정'이라는 것을 한 번도 실감한 적이 없었고, 호리키 같은 술동무를 제외하고는 모든 관계가 그저 고통스럽기만 해서 그 고통을 누그러뜨리고자 열심히 광대를 연기했습니다. 그러다 보니 도리어 녹초가 되어 조금 아는 사람 얼굴을, 그와 비슷한 얼굴이라도 거리에서 스치게 되면 오싹해져 단박에 현기증이 날 만큼 불쾌한 전율이 짜릿하게 일 정도였으니, 남의 호감은 살 줄 알아도 남을 사랑하는 능력만큼은 뒤떨어졌던 것 같습니다(하긴 저는 세상 인간들에게도 과연 '사랑'의 능력이 있을까, 꽤 의문스럽게 여기고 있습니다). 그런 저에게 '친구' 나부랭이가 생길 리는 만무하고 더구나 저에게는 '방문' 능력조차 없었습니다. 저에게 타인의 집 문은 《신곡》의 지옥문 이상으로 충충하고도 서늘했고, 그 문 안에는 거대한 용을 닮은 시척지근한 냄새가 나는 괴물이 굼실거리고 있는 것 같은 낌새를 과장이 아니라 실제로 느꼈던 겁니다.

그 누구와도 친분이 없다. 그 어느 곳도 찾아갈 데가 없다.

호리키.

그야말로 말이 씨가 된 형편이었습니다. 두고 온 편지에 쓴 대로 저는 아사쿠사에 사는 호리키를 찾아가기로 한 겁니다. 지금까지 제가 먼저 호리키 집을 찾아간 적은 한 번도 없거니와 대부분 전보를 쳐서 호리키를 불러냈습니다만 지금은 그 전보료조차 아깝고, 게다가 보잘것없어진 처지의 비뚤어진 마음에서 전보만 쳐서는 호리키가 와주지 않을지 모른다는 생각에 제가 가장 질색하는 '방문'을 결심하고 한숨을 내뱉으며 노면 전차에 올라탔습니다. 이 세상에서 의지할 수 있는 유일한 동아줄이 호리키라는 걸 깨닫자, 등줄기가 서늘해지는 듯한 처참한 기운이 들이닥쳤습니다.

호리키는 집에 있었습니다. 추레한 노지 깊숙한 곳의 2층짜리 집으로, 호리키는 2층에 딱 하나 있는 여섯 장짜리 다다미방을 썼습니다. 아래층에서는 호리키의 노부모와 젊은 기술자 셋이 게타(나무를 파서 만든 일본 전통 신-역주) 끈을 꿰기도 하고 박기도 하면서 열심히 제조하고 있었습니다.

호리키는 그날 도시인으로서의 새로운 일면을 저에게 보여주었습니다. 그건 속된 말로 자기 잇속만 챙기는 기질이었습니다. 저 같은 촌뜨기는 어안이 벙벙해져 눈을 부라렸을 정도로 서늘하고 교활한 에고이즘이었습니다. 저같이 그저 물 흐르는 대로 사는 남자가 아니었던 겁니다.

"너한테는 완전히 정나미가 떨어졌다. 아버지한테 용서는 받았어? 아직이야?"

차마 도망쳤다고는 말할 수 없었습니다.

그래서 여느 때처럼 얼버무렸습니다. 조만간, 바로 호리키에게 들통날 게 뻔한데도 얼버무렸습니다.

"그건 어떻게든 될 거야."

"어이, 웃을 일이 아니야. 충고하겠는데, 미친 짓도 적당히 해. 오늘은 내가 일이 있어서 말이지. 요즘 미친 듯이 바빠."

"일이라니, 어떤?"

"야, 야. 그러다 방석 실 끊지 마라."

저는 대화를 하면서 제가 깔고 앉은 방석의 매듭 실이라고 해야 할지, 장식 끈이라고 해야 할지, 그 장식 술 같은 네 모퉁이에 달린 실 하나를 무의식적으로 손끝으로 만지작거리다가 주욱 잡아당기기도 했습니다. 호리키는 자기 집 물건이라면 방석실 한 올도 아까운 듯, 부끄러워하는 기색도 없이 그야말로 쌍심지선 눈으로 저를 꾸짖었습니다. 돌이켜보면 호리키는 지금까지 저와 만나면서 단 하나도 잃은 게 없습니다.

호리키의 노모가 단팥죽 두 그릇을 쟁반에다 받쳐 내왔습니다.

"아니, 이런."

호리키는 뼛속들이 효자인 것처럼 노모에게 황송해하며 부자연스러울 정도로 정중한 말투로 말했습니다.

"감사합니다, 단팥죽인가요? 성대하군요. 이렇게 신경 쓰지

않으셔도 되는걸, 괜히. 일이 있어서 바로 외출해야 하거든요. 아
닙니다, 그래도 모처럼 솜씨를 발휘해 단팥죽을 쑤셨으니 그저
과분합니다. 잘 먹겠습니다. 너도 한 그릇 어떠냐? 어머니가 애
써 만드셨다. 아아, 이것 참 맛있다. 암, 성대하다마다."

그러고는 아주 연기만은 아닌 듯 더없이 기뻐하며 맛있게 먹
는 겁니다. 저도 그것을 홀짝였더니 데운 물 냄새가 났고, 새알
심을 먹었더니 그건 떡이 아니라 저로서는 알 수 없는 무언가였
습니다. 결코 그 가난을 경멸하는 것은 아닙니다(저는 그때 그걸
맛없다고는 생각하지 않았고, 또 노모의 성의에도 절실히 사무쳤습니다.
저는 제가 가난에 대한 공포감은 있어도 경멸감은 없다고 생각합니다).
단팥죽과 그 단팥죽을 기뻐하며 먹는 호리키로 말미암아 저는
도시인의 검소한 본성, 또 우리와 너희를 확실하게 구별하며 사
는 도쿄 가정의 실체를 느닷없이 맞닥뜨리게 되었습니다. 우리
건 너희건 별 차이 없이, 그저 하염없이 인간의 생활에서 도망치
는 데만 급급한 팔푼이 저 혼자만 동그마니 남겨져 호리키에게
조차 버림받은 듯한 상황에 당황했고, 칠 벗겨진 젓가락을 부지
런히 움직이면서 참을 수 없는 외로움을 느꼈다는 것을 기록해
두고 싶을 뿐입니다.

"미안하지만, 오늘은 일이 있어서 말이지."

호리키가 벌떡 일어나 겉옷을 입으며 말했습니다.

"이만 가볼게, 미안하다."

그때 호리키에게 여자 방문객이 찾아와 제 상황도 급변했습

니다.

호리키는 돌연 활기찬 목소리로 말했습니다.

"이런, 죄송합니다. 지금 말이죠, 당신을 만나러 갈 채비를 하던 참이었는데 이 사람이 난데없이 들이닥쳐서, 아니, 괜찮습니다. 자, 앉으시죠."

퍽 당황한 듯, 제가 깔고 앉았던 방석을 빼내 뒤엎어 내밀었는데도 그것을 잡아채고는 다시 뒤엎어서 그 여자에게 권했습니다. 방에는 호리키가 사용하는 방석 외에 손님 방석이 단 하나뿐이었던 겁니다.

여자는 마르고 키가 컸습니다. 그 방석은 옆으로 밀어두고 방문 언저리 한쪽 구석에 앉았습니다.

저는 둘의 대화를 멍하니 들었습니다. 여자는 잡지사 사람인 것 같았고, 호리키에게 앞서 의뢰한 삽화인지 뭔지를 받으러 온 상황인 듯했습니다.

"급한 건이라서요."

"다 그렸습니다. 한참 전에 다 그렸는걸요. 이겁니다, 여기요."

전보가 왔습니다.

그걸 읽던 호리키의 생글거리던 얼굴이 순식간에 험악해졌습니다.

"쳇! 너 도대체 어떻게 된 거냐?"

넙치가 보낸 전보였습니다.

"어쨌건 당장 돌아가. 내가 데려다주는 게 좋겠지만 지금 그럴 여유가 없다. 가출해놓고 그 태평한 얼굴은 뭐냐."

"댁이 어디세요?"

"오쿠보입니다."

엉겁결에 대답하고 말았습니다.

"그렇다면 회사 근처네요."

여자는 고슈 출신으로, 스물여덟 살이었습니다. 다섯 살 난 딸아이와 고엔지 아파트에 살고 있었습니다. 남편과 사별한 지는 삼 년이 지났다고 말했습니다.

"당신은 꽤 고생하며 자란 사람 같아요. 눈치가 빨라서. 가엾어라."

처음으로 남자 첩 같은 생활을 했습니다. 시즈코(라는 게 그 여기자의 이름이었습니다)가 신주쿠에 있는 잡지사로 출근하고 나면 시게코라는 다섯 살 딸아이와 저는 둘이 얌전하게 집을 지키는 역할을 했습니다. 그전까지는 엄마가 집을 비우면 시게코는 아파트 관리인 사무실에서 놀았던 모양인데 '눈치 빠른' 아저씨가 놀이 상대로 등장해서 대단히 기뻐하는 듯했습니다.

일주일 정도 멍하니, 저는 그곳에 있었습니다. 아파트 창 너머 전깃줄에 무사 모양을 본뜬 연 하나가 걸려 나부끼다 봄철 흙먼지 바람에 휘날려 갈기갈기 찢어졌습니다. 그런데도 전깃줄에 아득바득 매달려 좀처럼 떨어지지 않고 뭔가 고개를 끄덕이기도 하는 것 같았습니다. 저는 그걸 볼 때마다 쓴웃음을 짓고 얼굴이 붉어지고 꿈속에까지 나와 잠을 설쳤습니다.

"돈이 좀 있으면 좋겠어."

"……얼마쯤?"

"많이…… 돈이 떨어지면 연도 끊어진다는 말, 그거 사실이야."

"무슨, 그런 고루한 소릴 다 하네……."

"그럴까? 그래, 당신은 모를 테지. 이대로라면 나는 도망칠지도 몰라."

"대체 어느 쪽이 가난하다는 거야? 그리고 어느 쪽이 도망친다는 거야? 이상한 소릴 다하네."

"스스로 번 돈으로 술, 아니 담배를 사고 싶어. 그림도 호리키 같은 놈보다는 내 실력이 한 수 위라고 생각하는데."

이럴 때 제 뇌리에 붕 떠오르는 것은 중학교 시절에 그린, 다케이치가 '요괴'라 말한 자화상 몇 장이었습니다. 잃어버린 걸작. 몇 번이고 이사하는 사이에 잃어버렸는데 그것만큼은 누가 봐도 훌륭한 그림이었다는 생각이 듭니다. 그 후 여러 장을 더 그려봤지만 추억 속의 명작에는 발끝에도 못 미쳐 저는 늘 가슴이 텅 비어버리는 듯한 나른한 상실감에 신음하곤 했습니다.

마시다 남은 한 잔의 압생트(알코올 농도가 높은 증류주. 어니스트 헤밍웨이, 빈센트 반 고흐 등 가난한 예술가가 즐겨 마셨다-역주).

저는 영원히 보상받지 못할 듯한 상실감을 살며시 그렇게 형용했습니다. 그림 얘기가 나오면 제 눈앞에 그 마시다 남은 한 잔의 압생트가 아른거려 아아, 그 그림을 이 사람에게 보여주고 싶다, 그리고 나의 붓 재능을 믿게 만들고 싶다는 초조함에 몸 부림쳤습니다.

"후후, 과연 어떨까? 당신이 진지한 얼굴로 농담하니까 귀여 워."

농담이 아니다, 사실이다, 아아, 그 그림을 보여주고 싶다, 하고 공전하는 번민 끝에 불쑥 마음을 바꿔 포기하고는 말했습 니다.

"만화. 적어도 만화는 호리키보다 잘 그릴 거야."

시즈코는 그런 얼렁뚱땅한 광대의 대사가 오히려 믿겼나 봅 니다.

"그래, 실은 나도 감탄했어. 시게코한테 그려주는 만화 있잖 아, 나까지 웃음이 터지더라니까. 한번 해보는 게 어때? 우리 출 판사 편집장에게 부탁해줄 수도 있는데."

그 출판사는 크게 유명하지는 않은 월간 어린이 만화잡지를 발행하고 있었습니다.

……당신을 보면 대부분 여자라면 뭔가 해주고 싶어서 안달 이 날 거야. ……항상 겁먹은 듯 쩔쩔매면서, 그런데 또 유머 감 각은 있고. ……때로는 혼자서 마냥 울상을 짓는데 그 모습이 또 여자 심금을 휘젓는다니까.

시즈코는 그 외에도 무궁무진한 말로 저를 비행기 태웠지만, 그게 바로 남자 첩의 추접한 특성이라고 생각하면 그야말로 더 욱더 '울상'이 걷히지 않고 빈 꺼풀만 남은 것처럼 허탈해졌습니다. 여자보다는 돈, 어떡하든 시즈코한테서 도망쳐 자립하고 싶다고 은밀히 바라고 또 궁리도 해봤습니다만, 도리어 점점 더 시즈코를 의지하는 처지가 되었고, 가출 뒤처리다 뭐다 전부 여중호걸인 고슈 여자에게 신세를 져서 결과적으로 시즈코에게 더 '쩔쩔매게' 되었습니다.

시즈코의 조치로 넙치, 호리키, 그리고 시즈코 이 세 명의 회담이 이루어져 저는 고향의 혈육과 완전히 의절하고 시즈코와 '천하에 거리낄 것 없이' 동거하게 되었습니다. 또한 이번에도 시즈코가 애써준 덕에 제 만화도 의외로 돈이 되어 저는 그 돈으로 술도 담배도 샀지만, 공허함과 성가신 마음은 갈수록 쌓여만 갔습니다. 그야말로 '울상' 중의 '울상'이 되어 시즈코네 잡지에 다달이 연재하는 만화 '긴타 씨와 오타 씨의 모험'을 그리다 돌연 고향 집이 떠오르고 펜이 움직이지 않아 고개를 떨군 채 눈물을 흘린 적도 있습니다.

그럴 때 미력하게나마 저를 구원해준 건 시게코였습니다. 시게코는 그 무렵 저를 아무렇지 않게 '아빠'라고 불렀습니다.

"아빠. 기도하면 하나님이 뭐든지 이뤄준다는 말, 정말이야?"

저야말로 그 기도를 하고 싶은 심정이었습니다.

아아, 아들에게 냉담한 의지를 주시옵소서. 구하는 자에게 '인간'의 본질을 알게 하시리로다. 형제가 형제를 배척해도 죄가 되지 않으리니. 보라, 내게 분노의 가면을 주실지어다.

"응, 맞아. 시게코한테는 뭐든 이뤄주시겠지만, 아빠한테는 안

그러실지도 몰라."

저는 하나님조차 두려웠습니다. 하나님의 사랑은 믿지 못하고 하나님의 벌만 믿었던 겁니다. 신앙. 그것은 그저 하나님에게 채찍질당하기 위해 고개를 숙인 채 심판대를 향하는 것처럼 느껴졌습니다. 지옥은 믿어도 천국의 존재는 도저히 믿을 수가 없었습니다.

"왜 안 그러시는 거야?"

"부모님 뜻을 어겨서."

"그래? 아빠는 엄청 좋은 사람이라고 다들 말하던데."

그건 속이고 있기 때문이다. 이 아파트에 사는 모든 사람이 내게 호의를 보이는 것은 나도 알고 있다, 하지만 그런 모두를 얼마나 두렵게 여기는지, 두려워하면 할수록 그들은 나를 좋아하고, 그들이 나를 좋아하면 할수록 두려워져 그들에게서 멀어져야만 하는 이 불행한 악습관을 시게코에게 설명하고 이해시킨다는 것은 몹시 어려운 일이었습니다.

"시게코는 하나님한테 무얼 달라고 할 거야?"

저는 자연스레 화제를 돌렸습니다.

"시게코는 있지, 시게코의 진짜 아빠를 갖고 싶어."

흠칫 놀라 어질어질 현기증이 났습니다. 적. 내가 시게코의 적인지 시게코가 나의 적인지, 아무튼 이곳에도 나를 위협하는 무서운 어른이 있었구나, 타인, 불가사의한 타인, 비밀 가득한 타인, 시게코의 얼굴이 별안간 그리 보였습니다.

시게코만은, 이라고 생각했는데 역시 이 자도 '불시에 등에를 때려죽이는 소의 꼬리'를 지니고 있었던 겁니다. 저는 그 뒤로 시게코조차 겁이 났습니다.

"색마! 있냐?"

호리키는 다시 제가 있는 곳을 찾아오곤 했습니다. 가출하던 날, 저를 사무치도록 외롭게 만든 놈인데도 저는 거부하지 못하고 희미하게 웃으며 맞았습니다.

"네 만화 제법 인기가 생겼다며? 초심자의 행운인지 뭔지, 아마추어들은 똥배짱이 있으니 원. 하지만 방심하지 마라. 데생 기초도 전혀 안 잡혀 있더라."

스승 같은 태도마저 보였습니다. 저의 그 '요괴' 그림을 이놈에게 보이면 어떤 얼굴을 할까, 하고 예의 공전하는 몸부림을 치며 말했습니다.

"그렇게 나오시겠다? 악, 비명이 다 새어 나오네."

호리키는 더욱더 우쭐해져 말했습니다.

"뛰어난 처세술만으로는 언젠가 밑천이 드러나게 마련이지."

뛰어난 처세술. 저는 정말 마른 웃음만 나왔습니다. 저 같은 사람에게 뛰어난 처세술이라니! 하지만 저처럼 인간을 무서워하고 피하고 속이는 것이 '긁어 부스럼 만들지 말라'는 속담처럼 영리하고 교활한 유영술을 따르는 것과 진배없다는 말이 되는 걸까요? 아아, 인간은 서로에 대해 아무것도 모르면서, 아예 잘못 보고 있으면서 둘도 없는 친구라 여기고 평생 그 사실을 깨닫지 못한 채 상대방이 죽으면 눈물을 훔치며 애도문 따위를 읊조리는 것은 아닐까요?

호리키는 어쨌든(그야 시즈코에게 떠밀려 마지못해 받아들였겠지만) 제 가출 뒤처리에 동참한 걸로 마치 갱생의 큰 은인이나 중매의 신이라도 되는 양 행세하면서 그럴싸한 얼굴로 저에게 설교 섞인 말을 했습니다. 또 한밤중에 취해 찾아와서는 자고 가기도 하고 또 5엔(꼭 5엔이었습니다)을 꾸러 오기도 했습니다.

"그나저나 여자랑 노닥이는 짓도 엔간히 해. 더는 세상이 용납하지 않을 거야."

세상이란 대체 무얼 뜻하는 걸까요. 다수의 인간을 뜻하는 걸까요. 어디에 그 세상이라는 실체가 있는 걸까요. 여하튼 강하고 엄격하고 무서운 것이라고만 여기며 여태 살아왔는데, 호리키에게 그런 말을 들으니 불현듯 "세상이란 게 너잖아" 하는 말이 파르르 혀끝까지 나왔지만 호리키의 화를 자초하고 싶지 않아서 꿀꺽 삼켜버렸습니다.

'그건 세상이 용서하지 않을 거야.'

'세상이 아니겠지. 네가 용서하지 않겠지.'

'그런 짓을 하면 세상에 큰코다칠 거야.'

'세상이 아니겠지. 너겠지.'

'머잖아 세상에서 매장당할 거야.'

'세상이 아니겠지. 매장하는 건 너겠지.'

'그대는 그대 개인의 무시무시함, 기괴함, 악랄함, 능구렁이 같

은 교활함, 마귀할멈 같은 요괴함을 알라!'

갖가지 말이 가슴속에 오갔지만 저는 그저 얼굴에 흐르는 땀을 손수건으로 닦으며 "식은땀 난다, 식은땀" 하면서 웃기만 했습니다.

그러나 그때 이후로 저는 '세상이란 개인이 아닐까' 하는, 흡사 사상 같은 것을 터득하게 되었습니다.

그렇게 세상이란 개인이 아니겠는가, 라는 생각이 들자 저는 예전보다는 다소 제 의지로 움직일 수 있게 되었습니다. 시즈코의 말을 빌리자면 저는 조금 버릇이 없어졌고, 쩔쩔매지 않게 되었습니다. 또 호리키의 말을 빌리자면 묘하게 구두쇠가 되었습니다. 또 시게코의 말을 빌리자면 시게코를 덜 귀여워하게 되었습니다.

말도 하지 않고 웃지도 않고 매일매일 시게코를 돌보면서 '긴타 씨와 오타 씨의 모험'이며 누가 봐도 '태평한 아버지'(아소 유타카의 대표작인 익살맞은 4컷 만화-역주)의 아류작인 '태평 고승', 또 '성질 급한 핀짱'이라는 저 자신도 뭐가 뭔지 모르겠는 자포자기 식으로 지은 제목의 연재만화를 각 출판사의 주문(띄엄띄엄이긴 해도 시즈코네 출판사가 아닌 다른 곳에서도 의뢰가 들어오곤 했는데 모두 시즈코네 출판사보다 못한, 이른바 삼류 출판사에서 들어오는 일거리뿐이었습니다)에 맞춰 참으로, 참으로 음울한 기분으로 느릿느릿하게(저의 그림 그리는 펜 속도는 몹시 느린 편이었습니다) 이제는 순전히 술값을 벌기 위해 그리게 되었습니다. 그러다 시즈코가 출판사에서 돌아오면 교대하듯 쎙 밖으로 나가 고엔 지역 근처 길거리 노점이나 스탠드바에서 싸고 독한 술을 마시고는 조금 흥겨워져서 아파트로 돌아왔습니다.

"보면 볼수록 얄궂은 얼굴이라니까, 당신은. '태평 고승' 얼굴도 사실 당신 잠든 얼굴에서 힌트를 얻은 거야."

"뭐, 당신 잠든 얼굴은 더하지. 마흔은 훌쩍 넘긴 중년 같잖아."

"당신 탓이라고. 기가 쪽쪽 빨려버렸어. 흐르는 강물과 사람 인생으은. 고민해 무엇하리, 강가 수양버들처럼 살련다아(오래전부터 불리던 민요로, '강가에 우거진 수양버들아, 어째서 그토록 슬퍼하느냐. 너는 좋은 곳에 있단다. 네가 늘 바라보고 있는 강물 물결처럼, 근심 따위 모두 흘러가는 것을 바라보며 살자꾸나'라는 내용의 노래다-역주)."

"소란 피우지 말고 얼른 잠이나 자. 아니면 밥 차릴까?"

침착할 뿐, 전혀 상대해주지 않습니다.

"술이라면 또 모를까. 흐르는 강물과 사람 인생으은. 흐르는 사람과, 아니, 흐르으는 강물과 강물의 인생으은."

흥얼거리는 사이 시즈코가 옷을 벗겨주면 그대로 시즈코 가슴에 이마를 깊숙이 파묻고 잠드는 것이 저의 일상이었습니다.

그렇게 다음 날도 같은 일을 되풀이하니
어제와 다름없는 관례를 따를 뿐이다.
크고 격렬한 기쁨을 피하기만 한다면
자연스레 크나큰 슬픔 또한 찾아오지 않는다.

앞길을 가로막는 돌을

두꺼비는 돌아서 지나간다.

우에다 빈(일본의 평론가이자 시인, 번역가. 특히 서양의 상징시 소개
와 번역에 앞장섰다-역주)이 번역한 샤를 크로(에디슨에 앞서 축음기
의 원리를 발표한 19세기 프랑스의 시인이자 발명가. 공상과 기지가 넘치
는 시를 발표했다-역주)라는 인물의 이런 시구를 혼자서 발견했을
때, 저는 타오를 정도로 얼굴을 붉혔습니다.

두꺼비.

'그게 나다. 세상이 용서하고 말 것도 없다. 매장하고 말 것도
없다. 나는 개보다도 고양이보다도 열등한 동물이다. 두꺼비. 굼
실굼실 움직이고 있을 뿐이다.'

저의 음주는 점차 그 양이 늘어났습니다. 고엔지 역 부근뿐
만 아니라 신주쿠, 긴자까지 발을 넓혀 마시고 외박하는 일조차
있었으며 그저 '관례'에 따르지 않고자 바에서 망나니 행세를 하
기도 하고 마구잡이로 키스하기도 했습니다. 다시 말해 동반 자
살 사건 이전으로, 아니, 그 무렵보다 더 사납고 천박한 술꾼이
되어 돈이 궁해지면 시즈코 옷을 훔치는 지경에 이르렀습니다.

이곳에 와서 그 찢어진 무사 연을 보며 쓴웃음을 지은 지 일
년 하고도 조금 흘러 벚꽃이 지고 푸른 새잎을 틔울 무렵, 저는
또 시즈코의 오비며 기모노 안에 입는 흰 속옷이며 몰래 훔쳐
전당포로 달려가 돈을 마련하고는 긴자에서 술을 마셨습니다.

이틀 밤 연거푸 외박하고 사흘째 되는 밤이 되자 아무래도 몸이 무거워서 무의식적으로 발소리를 죽이고 시즈코 아파트 현관문 앞까지 갔더니 안에서 시즈코와 시게코가 재잘거리는 소리가 들려옵니다.

"왜 술을 마시는 거야?"

"음, 아빠는 술이 좋아서 마시는 게 아니야. 사람이 너무 좋다 보니까, 그래서……."

"좋은 사람은 술을 마시는 거야?"

"꼭 그렇지도 않지만……."

"아빠가 분명 깜짝 놀라겠지?"

"싫어할지도 모르지. 아니, 저것 봐, 상자 속에서 튀어나왔어."

"성질 급한 핀짱 같아."

"그러게."

정말이지 행복하다는 듯 시즈코의 낮은 웃음소리가 들렸습니다.

문을 살짝 열어 안을 들여다봤더니, 하얀 털옷을 입은 새끼 토끼가 있었습니다. 깡충깡충 온 방 안을 누비며 다녔고 모녀는 그 토끼 꽁무니를 따라다니고 있었습니다.

'행복하구나, 이들은. 나 같은 팔푼이가 두 사람 사이에 파고 들면 곧 저 둘을 엉망으로 망칠 게 뻔해. 아담한 행복. 사이 좋은 모녀. 행복을, 아아, 만약 신이 나 같은 놈이 하는 기도도 들어 준다면 딱 한 번, 일생 단 한 번이라도 좋으니 기도하겠어.'

저는 그 자리에 웅크려 앉아 두 손을 모으고 싶은 심정이었습니다. 조용조용 문을 닫고, 저는 다시 긴자로 발길을 돌렸습니다. 그 후 다시는 그 아파트로 돌아가지 않았습니다.

그렇게 교바시 근처 스탠드바 2층에서 또다시 남자 첩 형태로 널브러지게 되었습니다.

세상. 왠지 저도 그걸 어렴풋이 알아가는 듯한 느낌이 들었습니다. 개인과 개인의 다툼이고 게다가 그 자리에서의 다툼이며 그 자리에서만 이기면 된다, 인간은 결코 인간에게 복종하지 않는다, 노예조차 노예다운 비굴한 앙갚음을 하는 법이다, 그러므로 인간은 그 자리의 단판 승부에 의지하는 것 외에는 살아남을 방도가 없다, 대의명분 따위를 내세우지만 모든 노력의 목표는 반드시 개인이다, 개인을 뛰어넘고 나면 또다시 개인, 세상의 난해함은 개인의 난해함, 드넓은 바다는 세상이 아니라 개인이다. 이렇게 생각하게 되었고 저는 세상이라는 드넓은 바다의 환영에 두려워 떨던 일에서 조금은 해방되어 예전만큼 이것저것 끝도 없이 마음 쓰는 일 없이, 이른바 어떠한 상황에 직면했을 때 필요에 따라 약간은 낯 두껍게 행동하는 것을 배웠습니다.

고엔지 아파트를 버리고 나와 교바시 스탠드바 마담에게 가서는 "헤어지고 왔어"라고 한마디만 했는데 그것으로 충분했습니다. 다시 말해 단판 승부에서 이겨 그날 밤부터 저는 그곳 2층에 쳐들어가 눌러살게 되었는데, 무서워했던 '세상'은 저에게 아무런 해도 가하지 않았고 저 또한 '세상'에게 아무런 변명도 하지 않았습니다. 마담의 마음이 내키면 그걸로 모든 게 괜찮았습니다.

저는 그 가게 손님인 듯 남편인 듯 심부름꾼인 듯 친척인 듯, 옆에서 보면 도무지 정체를 알 수 없는 존재였을 텐데도 '세상'은 전혀 의심하지 않았고 그 가게 단골들도 저를 요짱, 요짱이라 부르며 몹시 다정하게 대해주고 술도 주곤 했습니다.

저는 세상을 점차 경계하지 않게 되었습니다. 세상이라는 곳은 그리 무서운 곳이 아니라고 생각하게 되었습니다. 즉, 지금까지 제가 느낀 공포감은 봄바람에는 백일해균이 몇십만, 대중목욕탕에는 눈을 멀게 하는 세균이 몇십만, 이발소에는 탈모증 세균이 몇십만, 전차 손잡이에는 옴진드기가 바글바글, 또 생선회와 덜 익힌 소고기 돼지고기에는 조충의 유충이니 디스토마니 뭔가 하는 알 등이 반드시 숨어 있고, 또 맨발로 걸으면 발바닥에 자잘한 유리 파편이 들어가 그 파편이 체내를 떠돌다 눈알을 찔러 실명하는 일도 있다는 이른바 '과학의 미신'에 시달리는 것과 다름없는 일이었던 겁니다. 물론 몇십만이 넘는 세균이 떠다니고 들끓는다는 것은 '과학적'으로도 정확한 사실입니다. 그와 동시에 그 존재를 완전히 묵살하기만 한다면 그것은 저와 아무런 상관이 없을 뿐만 아니라 금세 자취를 감추는 '과학 유령'에 지나지 않는다는 사실을 깨닫게 되었습니다. 도시락을 먹다 남긴 밥풀 세 톨, 천만 명이 하루에 세 톨씩만 남겨도 쌀 몇 가마를 헛되이 하는 꼴이 된다, 혹은 하루에 코 푸는 휴지를 한 칸씩

천만 명이 절약하면 얼마만큼 펄프가 남는다는 '과학적 통계'에 제가 얼마나 시달렸는지, 밥풀을 한 톨이라도 남길 때마다, 또 코를 풀 때마다 산더미 같은 쌀, 산더미 같은 펄프를 허비하는 듯한 착각이 들어 괴롭고, 제가 지금 중대한 죄를 저지르고 있는 듯한 절망에 잠겼습니다. 그러나 그것이야말로 '과학의 거짓', '통계의 거짓', '수학의 거짓'으로 세 톨의 밥풀은 모을 수 없으며 곱셈 나눗셈의 응용문제로서도 정말이지 원시적이고 저능한 테마로, 불이 꺼진 어두운 변소 구멍에 사람은 몇 번에 한 번꼴로 발을 헛디뎌서 빠지는지, 혹은 성선 전차(일본 정부가 운영했던 근거리전용 전차-역주)의 출입문과 플랫폼 사이 벌어진 틈새로 승객 몇 명 중 몇 명이 발을 빠뜨리는지, 그런 확률을 계산하는 것과 마찬가지로 멍청한 짓입니다. 언뜻 일어날 법한 일처럼 느껴지지만 변소 구멍에 발을 헛디뎌 다쳤다는 얘기는 듣도 보도 못했고 그런 가설을 '과학적 사실'로 배우고 그걸 고스란히 현실로 받아들여 두려워했던 어제까지의 제가 애처롭게 느껴져 웃음이 날 정도로, 저는 세상이라는 것의 실체를 조금씩 알아가게 되었던 겁니다.

말은 그렇게 해도 역시 인간이라는 존재가 아직은 무서워 가게에서 손님을 만날 때도 술을 한 컵 꿀꺽 마시고 나서야 방에서 나왔습니다. 무서운 것을 도리어 더 보고 싶어 하는 욕구. 저는 매일 밤 가게에 나가 어린아이가 속으로는 무서워 떨어도 작은 동물을 오히려 꽉 잡는 것처럼, 취한 채 가게 손님을 상대로 졸렬한 예술론을 떠들어대기까지 했습니다.

만화가. 아아, 그러나 저는 큰 기쁨도 크나큰 슬픔도 없는 무명 만화가. 아주 큰 슬픔이 나중에 들이닥쳐도 상관없다, 크고 격렬한 기쁨을 느끼고 싶다고 내심 초조했지만 현재의 기쁨이란 손님과 잡담을 나누고 손님에게 술을 얻어 마시는 것뿐이었습니다.

교바시로 온 뒤로 이런 별 볼 일 없는 생활을 벌써 일 년 가까이 이어갔고 제 만화도 어린이 만화잡지뿐만 아니라 역에서 파는 조악하고 외설스러운 잡지에도 실리게 되었습니다. 저는 '조시 이쿠타('동반 자살, 살아남았다'라는 뜻의 이름-역주)'라는 장난스러운 필명으로 저질스러운 알몸 그림을 그리고, 거기에《루바이야트(11세기 페르시아의 시인 오마르 하이얌이 지은 사행시집 제목-역주)》시구를 삽입했습니다.

헛된 기도 따위 그만두시게나
눈물 고이게 하는 거라면 모두 던져버리시오
자, 한잔 들이켜시게 좋은 일만 떠올리세
부질없는 심려 따위 잊고 삽시다

불안과 공포로 타인을 위협하는 놈들은
지기기 지은 가당찮은 죄에 떨며
죽은 자의 복수에 대비하고자

자기 머리로 끊임없이 계략을 짜지

어젯밤 술이 차니 내 마음에도 기쁨이 차고
오늘 아침 눈을 뜨니 그저 황량하도다
의아하네 하룻밤 새
급변한 이 기분이여

하늘의 벌이라 생각지 말게나
아스라이 울리는 북소리처럼
별 까닭 없이 그놈은 불안해하지
방귀 뀐 것까지 일일이 죄로 셈해서야 어찌 살겠소

정의가 인생의 지침이라?
그렇다면 피로 칠해진 전쟁터에
암살자의 칼끝에
어떤 정의가 깃들어 있단 말인가?

어디에 지도指導 원리가 있다는 건가?
어떤 예지의 빛이 있다는 건가?
아름답고도 무서운 이 세상
여린 사람의 아이가 감당할 수도 없는 짐을 지게 하고

어떻게 할 수 없는 정욕의 씨가 뿌려지는 바람에
선이다 악이다 죄다 벌이다 저주만 받을 뿐
어떻게 할 수 없이 그저 머뭇거릴 뿐
억압할 힘도 의지도 이어받지 못한 바람에

어디를 어떻게 방황했느냐
뭐라? 비판, 검토, 재인식?
어허, 허망한 꿈을, 있지도 않은 환영을
에헴, 술을 잊어서 생긴 어리석은 근심일 뿐이로다

어떠냐, 이 끝없이 펼쳐진 하늘을 보려무나
그 가운데 달랑 떠 있는 점이 아니냐
이 지구가 왜 자전하는지 알 게 뭐냐
자전 공전 반전도 제 마음이지 뭐냐

곳곳마다 지고한 힘을 느끼고
온갖 나라 온갖 민족에게서
동일한 인간성을 발견하는
나는 이단자일쏘냐

모두가 성경을 잘못 읽고 있나니
그렇지 않다면 상식도 지혜도 없는 게지

육신의 기쁨을 금하고 술을 금하고

됐습니다 무스타파(아랍어로 '선택받은 자'라는 뜻-역주)여, 전 그런 거
정말 싫어요

그런데 그 무렵, 저에게 술을 그만 마시라고 권하는 처녀가 있
었습니다.

"안 돼요, 대낮부터 매일 그렇게 취해 있으면."

바 건너편, 작은 담뱃집의 열일고여덟 살 된 여자였습니다. 요
시짱이라는 흰 피부에 덧니가 난 아이였습니다. 제가 담배를 사
러 갈 때마다 상긋 웃으며 그렇게 충고했습니다.

"왜 안 된다는 거야? 뭐가 나빠? 있는 대로 술을 마시고 인간
의 아들이여, 증오를 지워라, 지워라, 지워라, 라는 옛 페르시아
의, 뭐 이쯤 하지, 슬픔에 지친 마음에 희망을 선사하는 것은 오
로지 거나한 취기를 가져다주는 술잔이로다. 무슨 말인지 이해
했어?"

"모르겠어요."

"이 녀석. 키스해버릴까 보다."

"해요."

아무런 동요 없이 아랫입술을 내미는 겁니다.

"못난 녀석. 정조 관념이……."

그러나 요시짱의 표정에는 분명 누구에게도 더럽혀지지 않은
처녀의 냄새가 났습니다.

해가 바뀌어 엄동설한이 닥친 어느 날 밤, 저는 취한 채 담배를 사러 나갔다가 담뱃집 앞에 있는 맨홀에 빠져 요시짱, 살려줘, 하고 외쳤습니다. 요시짱이 끌어올려준 뒤 오른팔에 난 상처를 치료해줬는데 그때 요시짱은 간절하게 "너무 많이 마셨어요" 하고 웃지 않으며 말했습니다.

저는 죽는 건 아무렇지도 않지만, 다쳐서 피가 나고 불구가 되는 것만은 딱 질색이라 요시짱에게 팔에 난 상처를 치료받으면서 이제 술도 그만둬야겠다고 생각했습니다.

"그만둘게. 내일부터 한 방울도 안 마실게."

"정말요?"

"반드시 그만둘게. 그러면 요시짱, 나한테 시집올래?"

하지만 시집 얘기는 농담이었습니다.

"모치죠."

모치란 '모치론(물론)'을 줄인 말입니다. 당시에는 모보(모던 보이-역주), 모걸(모던 걸-역주) 등 다양한 줄임말이 유행하고 있었습니다.

"좋았어. 새끼손가락 걸자. 반드시 그만둘게."

다음 날, 저는 여전히 대낮부터 술을 마셨습니다.

저녁나절에 비틀비틀 밖을 나가 요시짱 가게 앞에 서서 말했습니다.

"요시짱, 미안해. 미셨어."

"어머, 짓궂어라. 취한 척이나 하고."

깜짝 놀랐습니다. 취기도 싹 사라진 기분이었습니다.

"아니, 정말이야. 정말 마셨다고. 취한 척하는 게 아니라."

"놀리지 마세요. 못된 사람."

도무지 의심하려고 하지 않았습니다.

"보면 알 텐데. 오늘도 대낮부터 마셨다고. 용서해줘."

"연기를 잘하시네요."

"연기가 아니라고, 못난 녀석. 키스해버릴까 보다."

"해요."

"아니, 나는 자격이 없어. 신부로 맞는 것도 포기해야 해. 얼굴을 봐, 벌겋지? 마셨다니까."

"그건 저녁노을이 비쳐서잖아요. 속이려 해봐야 어림없어요. 어제 약속했잖아요. 마실 리가 없죠. 새끼손가락 걸었잖아요. 마셨다니, 거짓말, 거짓말, 거짓말."

어스레한 가게 안에 앉아서 미소 짓는 요시짱의 하얀 얼굴, 아아, 더러움을 모르는 처녀는 고귀하다, 나는 지금까지 나보다 젊은 처녀와 잔 적이 없다, 결혼하자, 그 때문에 어떤 큰 슬픔이 나중에 들이닥쳐도 상관없다, 크고 격렬한 기쁨은 생애 단 한 번뿐이라도 좋다, 처녀성의 아름다움이란 바보 같은 시인의 모자란 감상의 환영에 지나지 않는다고 생각했는데, 역시 이 세상에 살아 존재하는 것이다, 결혼해서 봄이 되면 둘이 자전거를 타고 아오바폭포(시즈오카현의 아오바절 안쪽에 있는 폭포. 겐페이 전쟁 때 다이라노 아쓰모리가 가지고 있던 아오바 피리는 이곳 대숲에서 구한 대나무로 만들었다는 유명한 일화가 있다-역주)를 보러 가야지, 하고 그 자리에서 결심하고 이른바 '단판 승부'로 그 꽃을 훔치는 데 주저하지 않았습니다.

우리는 이윽고 결혼했고 그렇게 해서 얻은 기쁨은 그리 크지 않았지만, 그 후에 찾아온 슬픔은 처참하다고 말해도 모자랄 만큼 실로 상상을 뛰어넘는 크기로 들이닥쳤습니다. 저에게 '세상'은 역시 정체를 알 수 없으며 두려운 곳이었습니다. 결코 그런 단판 승부 따위로 하나부터 열까지 전부 정해지는 수월한 곳이 아니었습니다.

2

호리키와 나.

서로를 경멸하면서 교제하고 서로를 하찮은 존재로 깎아내리는 것이 이 세상에서 말하는 이른바 '교우'라는 모습이라면, 저와 호리키의 관계도 '교우'였음에 틀림없습니다.

저는 교바시 스탠드바 마담의 의협심에 기대(여자에게 의협심이라니 어울리지 않는 말 같겠지만, 제 경험에 미루어 보면 적어도 도시 남녀의 경우 남자보다 여자가 더 의협심이 강했습니다. 남자는 대개 겁이 많고 체면에 몹시 신경 쓰고 구두쇠였습니다) 담뱃집 요시코를 내연의 아내로 맞이할 수 있었고, 쓰키지의 스미다강 근처에 있는 2층짜리 목조 아파트 계단 밑쪽 방 하나를 빌려 함께 살았습니다. 술을 그만두고 슬슬 직업으로 자리 잡은 만화 작업을 부지런히 하고, 저녁 식사 후에는 둘이 영화를 보러 나갔다가 돌아오는 길에 찻집에 들르거나 화분을 사기도 했습니다. 아니, 그보다 저를 완전히 믿어주는 이 작은 신부가 하는 말을 듣거나 몸짓을 바라보는 것이 즐거워서, 이거 어쩌면 나도 점점 인간다워져서 비참한 죽음을 피할 수 있지 않을까, 하는 달콤한 기대를 살포시 가슴에 품기 시작하던 차에 호리키가 또 제 눈앞에 나타났습니다.

"야! 색마. 어라? 조금은 더운밥 찬밥 가릴 줄 아는 얼굴이 됐군. 오늘은 고엔지 여사의 대변인으로 왔는데 말이지."

말을 하다 말고 갑자기 턱짓으로 부엌에서 차를 준비하고 있는 요시코를 가리키며 들릴까 말까 한 작은 소리로, 괜찮냐? 하고 묻기에 "상관없어. 무슨 말이든 해도 돼" 하고 저는 차분하게 대답했습니다.

실제로 요시코는 신뢰의 천재라고 부르고 싶을 정도로 교바시 바 마담과의 사이는 물론, 제가 가마쿠라에서 일으킨 사건 얘기를 해도 쓰네코와의 사이를 전혀 의심하지 않았습니다. 그건 제가 거짓말을 잘해서가 아니라 때로는 있는 그대로 노골적으로 다 말하는데도 요시코는 그 모든 게 농담으로만 들리는 모양이었습니다.

"우쭐거리는 건 여전하네. 뭐 대단한 건 아니고, 가끔은 고엔지에도 놀러 오라는 전언이야."

잊을 만하면 괴상한 새가 푸드덕 날아와 기억의 상처 부위를 부리로 쿡쿡 쪼아 들추어냅니다. 금세 과거의 부끄러움과 죄의 기억이 여지없이 눈앞에 펼쳐져 으악! 하고 큰 소리를 내지르고 싶을 정도로 공포에 질려 앉아 있을 수 없게 됩니다.

"한잔할래?"

제가 물으면,

"좋지."

답하는 호리키.

저와 호리키. 생김새는 둘이 닮았습니다. 똑같은 인간 같다는 생각이 들 때도 있습니다. 물론 여기저기 값싼 술을 퍼마시며 돌아다닐 때만 그렇지만, 아무튼 둘이 얼굴만 마주했다 하면 금세 똑같은 생김새, 똑같은 털옷을 입은 개로 변해서는 눈 내리는 번화가를 헤집고 다니는 상태가 됩니다.

그날 이후 우리는 다시 옛 우정을 돈독히 다진 꼴이 되어 교바시의 작은 바에 함께 갔다가, 만취한 두 마리의 개가 되어 결국 고엔지의 시즈코 아파트에 방문해 하룻밤 자고 오기까지 했습니다.

잊을 수도 없습니다. 후텁지근한 여름밤이었습니다. 호리키가 저물녘에 구깃구깃한 유카타를 입고 쓰키지에 있는 우리 아파트로 찾아와서는 오늘 사정이 있어서 여름옷을 전당포에 맡겼는데 그 사실을 노모가 알면 큰일이다, 바로 되찾고 싶으니 아무튼 돈을 좀 빌려달라고 했습니다. 공교롭게 그날은 저도 돈이 없었기에 늘 그래왔듯 요시코한테 자기 옷을 전당포에 들고 가게 해서 마련한 돈을 호리키에게 빌려줬습니다. 그러고도 돈이 약간 남아 이번에는 그 돈으로 요시코에게 소주를 사 오게 해서 옥상으로 올라가 이따금 스미다강에서 실려 오는 시궁창 냄새가 밴 나른한 바람을 맞으며 아주 너절한 납량 술잔치를 벌였습니다.

우리는 그때 희극 명사, 비극 명사 알아맞히기 놀이를 했습니다. 이건 제가 발명한 놀이로 명사는 모두 남성 명사, 여성 명사, 중성 명사 등으로 분류할 수 있는데 그렇다면 희극 명사, 비극 명사도 구별해야 마땅하다, 예컨대 증기선과 기차는 모두 비극 명사이고 전차와 버스는 모두 희극 명사이다, 왜 그런지 그 까닭을 모르는 자는 예술을 논하지 말라, 희극에 하나라도 비극 명사를 끼워 넣는 극작가는 이미 그것만으로 낙제, 비극도 마찬가지라는 논리였습니다.

"준비됐지? 담배는?"

제가 묻습니다.

"트래(비극이라는 뜻인 트래지디의 줄임말)."

말이 떨어지자마자 대답이 재깍 튀어나옵니다.

"약은?"

"가루약? 아니면 알약?"

"주사."

"트래."

"그래? 호르몬 주사도 있잖아."

"아니, 무조건 트래야. 너 말이야, 무엇보다 주삿바늘이 어엿한 트래잖아."

"그래, 그렇다고 하고 넘어가자. 근데 약이나 의사는 말이지, 그건 의외로 코미(희극이라는 뜻인 코미디의 줄임말)라고. 자, 죽음은?"

"코미. 목사도 중도 마찬가지야."

"훌륭해. 그리고 삶은 트래지?"

"틀렸어. 그것도 코미."

"아니, 그렇게 따지면 다 코미가 돼버리잖아. 그럼 하나만 더 물을게. 만화가는? 설마 코미라고는 할 수 없겠지?"

"트래, 트래. 대비극 명사!"

"뭐야, 대비극은 너잖아."

이런 한심한 말장난으로 빠지면 시시해지지만, 그래도 우리는 그 놀이를 전 세계 그 어떤 살롱에도 존재하지 않았던 제법 재치 있는 놀이라고 자부했습니다.

또 하나 더, 당시 저는 이와 비슷한 놀이를 발명했습니다. 그것은 반의어 알아맞히기였습니다. 흑색의 앤터(반의어라는 뜻인 앤터님의 줄임말)는 백색. 그러나 백색의 앤터는 적색, 적색의 앤터는 흑색.

"꽃의 앤터는?"

제가 묻자, 호리키는 입을 삐뚜름하게 만들고 생각하다가 답했습니다.

"으음, 화월花月이라는 고급 요리관이 있는 걸 봤으니까, 달이 야."

"아니, 그건 앤터가 될 수 없어. 오히려 시너님(동의어라는 뜻-역주)이지. 별과 제비꽃도 시너님이잖아. 앤터가 아니라고."

"알았어, 그럼 벌."

"벌?"

"모란에…… 개미던가?"

"뭐야, 그건 모티프잖아. 대충 넘기려고 하지 마."

"알았다! 꽃에 떼구름……."

"달에 떼구름이겠지('달에 떼구름, 꽃에 바람'. 좋은 일에는 장애가 많다는 뜻의 비유다-역주)."

"그래, 그래. 꽃에 바람. 바람이지. 꽃의 앤터는, 바람."

"심하네, 그건 나니와부시(현악기 샤미센의 반주에 맞춰 이야기를 읊는 일본 고유의 창으로, 에도 말기 오사카에서 시작되었다고 알려져 있으며, '나니와'란 오사카의 옛 이름이다-역주) 노랫말이잖아. 고향이 어딘지 알 만하다."

"아니, 비파야."

"그건 더 말이 안 되지. 꽃의 앤터는 말이지…… 모름지기 이 세상에서 가장 꽃 같지 않은 것, 그런 예를 들어야지."

"그러니까, 그게…… 기다려봐, 뭐야, 여잔가?"

"하는 김에 그럼, 여자의 시너님은?"

"내장."

"넌 도대체가 시라는 걸 모르는구나. 그럼 내장의 앤터는?"

"우유."

"이건 좀 괜찮은데? 이 분위기 이어서 하나 더. 부끄러움. 온 트honte의 앤터는?"

"뻔뻔함이지. 인기 만화가 조시 이쿠타."

"호리키 마사오는?"

이 언저리부터 둘은 점차 웃을 수 없게 되었고 소주에 취했을 때 특유의 그 유리 파편이 머릿속에 가득 차 있는 듯한 음울한 기분이 들기 시작했습니다.

"건방 떨기는. 난 아직 너처럼 밧줄로 결박당하는 치욕 따윈 안 당했다고."

가슴이 철렁 내려앉았습니다. 호리키는 속으로 나를 참인간 으로 취급하지 않았구나, 나를 그저 죽을 때를 놓친 뻔뻔하고 멍청한 괴물, 말하자면 '산송장'으로만 여기고 자기 쾌락을 위해 나를 이용할 수 있는 부분만 이용하는 딱 그 정도의 '교우'였구 나. 그리 생각하니 아무래도 기분은 나빴지만, 한편으로는 호리 키가 나를 그렇게 보는 것도 당연하다, 나는 오래전부터 인간 자 격이 없는 애였다, 역시 호리키에게조차 경멸받는 것은 당연한 일일지도 모른다고 생각을 고쳐먹었습니다.

"죄. 죄의 앤터는 뭘까? 이건 좀 어려울걸."

"법률이지."

호리키가 그렇게 태연히 대답하기에 저는 호리키 얼굴을 다시 쳐다봤습니다. 근처 건물에서 깜빡이는 네온사인의 붉은 빛을 받아 호리키 얼굴이 강력계 형사처럼 위엄 있어 보였습니다. 저는 정말이지 어이가 없었습니다.

"죄라는 건, 너 말이야, 그런 게 아니잖아."

죄의 반의어가 법률이라니! 하지만 세상 사람들은 모두 그 정도로 간단히 생각하면서 시치미를 떼고 살고 있는지도 모릅니다. 형사가 없는 곳이야말로 죄가 득실거린다, 하고 말입니다.

"그럼 뭔데, 신이냐? 너한텐 어딘가 예수쟁이 냄새가 난다니까. 거슬리게."

"뭐, 그렇게 쉽게 결정하지 말고. 조금만 더 같이 생각해보자. 이건 그래도 재미있는 테마잖아. 이 테마에 대한 답 하나로 그 사람의 전부를 알 것 같기도 한데."

"설마…… 죄의 앤터는 선. 선량한 시민. 즉, 나 같은 사람."

"농담하지 말고. 그런데 선은 악의 앤터야. 죄의 앤터가 아니야."

"악과 죄가 다른가?"

"다르다고 생각해. 선악의 개념은 인간이 만든 거니까. 인간 멋대로 만든 도덕의 언어지."

"거참 시끄럽네. 그럼 역시 신이겠지. 신, 신. 뭐든 신으로 해두면 장땡이야. 배고프다."

"지금 밑에서 요시코가 잠두콩을 삶고 있어."

세 번째 수기 **115**

"고맙군. 좋아하는 건데."

두 손을 발딱 머리 뒤로 젖혀 깍지를 끼더니 아예 벌러덩 누워버렸습니다.

"너는 죄라는 것에 영 흥미가 없는 모양이네."

"그야 그럴 수밖에, 너처럼 죄인이 아니니까. 난 술과 여자는 즐겨도 여자를 죽게 하거나 여자한테 돈을 뜯어내지는 않거든."

죽게 한 게 아니야, 뜯어낸 게 아니야, 하고 마음속 어딘가에서 희미하게 그렇지만 필사적으로 항의하는 음성이 들려왔습니다. 그러다가도 또다시 아니 내가 나빴지, 하고 곧바로 생각을 바꾸고 마는 이 습관.

저는 도저히 정면으로 맞서서 논하지 못합니다. 소주의 음울한 취기 탓에 시시각각 험악해지려는 기분을 가까스로 억누르며 거의 혼잣말처럼 말했습니다.

"하지만 감옥에 들어가는 것만이 죄는 아니지. 죄의 앤터가 뭔지 깨달으면 죄의 실체도 파악할 수 있을 것 같은데, ……신, ……구원, ……사랑, ……빛, ……그렇지만 신에는 사탄이라는 앤터가 있고, 구원의 앤터는 고뇌일 테고, 사랑에는 증오, 빛에는 어둠이라는 앤터가 있고, 선에는 악, 죄와 기도, 죄와 회개, 죄와 고백, 죄와, ……아아, 전부 시너님이군. 죄의 반의어는 뭘까."

"죄의 반의어는 꿀이야('죄'라는 뜻인 일본어 '쓰미'를 반대로 읽으면 '미쓰(꿀)'가 된다-역주). 꿀처럼 달콤하나니. 배고파. 먹을 것 좀 가져와."

"네가 가져오면 되잖아!"

거의 태어나서 처음이라 해도 좋을 만큼 격하게 분개한 목소리가 제 입에서 터져 나왔습니다.

"좋아, 그럼 내려가서 요시짱이랑 둘이 죄를 짓고 와야겠다. 백문불여일견. 죄의 앤터는 콩꿀떡, 아니 잠두콩인가."

혀를 못 가눌 정도로 취해 있었습니다.

"멋대로 해. 어디든 가버려!"

"죄와 공복, 공복과 잠두콩, 아니, 이건 시너님인가."

되는대로 중얼거리면서 일어났습니다.

죄와 벌. 도스토옙스키. 설핏 그 단어가 머리 한편을 스치고 지나가 아뿔싸, 하고 깨달았습니다. 만약 그 도스토 씨가 죄와 벌을 시너님이라 생각하지 않고 앤터님으로서 나열한 것이라면? 죄와 벌, 절대 서로 통할 수 없는 것, 물과 기름처럼 섞일 수 없는 것. 죄와 벌을 앤터로 생각한 도스토 씨의 녹조로 뒤덮인 썩은 연못 아래 난마처럼 복잡다단한 밑바닥, ……아아, 알 것 같다, 아니다, 아직, ……이런 생각이 머릿속에 주마등처럼 빙빙 돌고 있을 때였습니다.

"야! 잠이 확 깨는 잠두콩이야. 얼른 와봐!"

호리키의 목소리도 낯빛도 달라졌습니다. 방금 비틀비틀 일어나 아래층으로 내려갔다고 생각했던 호리키가 금세 다시 돌아온 겁니다.

"뭔데."

묘하게 살기가 서린 채, 우리는 옥상에서 2층으로 내려가고, 2층에서 다시 제 방이 있는 아래층으로 내려갔습니다. 그러다 계단 중간쯤에 다다르자 호리키가 걸음을 멈추더니 "봐봐!"하고 작은 소리로 말하며 손가락으로 제 방을 가리켰습니다.

제 방 위쪽에 나 있는 작은 창이 열려 있었고, 그리로 방 안이 보였습니다. 전깃불이 켜진 그곳에는 짐승 두 마리가 있었습니다.

저는 휘청휘청 어지러움을 느끼며 이 또한 인간의 모습이다, 이 또한 인간의 모습이야, 놀랄 일이 아니다, 하고 거친 호흡과 함께 속으로 중얼거리며 요시코를 구하는 것도 잊고 계단에 망연히 서 있었습니다.

호리키가 큰 헛기침을 뱉었습니다. 저는 혼자 도망치듯 다시 옥상으로 뛰어 올라와 아예 드러누워 비를 머금은 여름 밤하늘을 물끄러미 올려다봤습니다. 그때 저를 덮친 감정은 분노도 아니고 혐오도 아니고 또 슬픔도 아닌, 무시무시한 공포였습니다. 그것도 묘지에서 유령 따위를 보고 느낄 법한 공포가 아니라, 신사의 삼나무 숲에서 백의의 영체와 마주쳤을 때나 느낄 법한, 반론할 여지가 없는 고대의 우악스러운 공포감이었습니다. 저의 센머리는 그날 밤부터 시작되었으며, 모든 것에 자신감을 잃고 결국 사람을 끝없이 의심하고, 이 세상살이에 대한 모든 기대, 기쁨, 공명 등에서 영원히 멀어지게 되었습니다. 실로 그것은 제 일생에서 결정적인 사건이었습니다. 저는 정통으로 맞아 미간 한 가운데가 갈라졌고, 그 후 어떤 인간이건 접근해 올 때마다 그 상처 부위가 쓰라렸습니다.

"동정은 한다만, 너도 이 일로 조금은 깨달은 바가 있겠지. 난 이제 두 번 다시 여기 안 올 거다. 여긴 지옥이야. ……그래도 요시짱은 용서해줘. 너도 어차피 막돼먹은 놈이잖냐. 그럼 이만, 실례."

거북한 자리에 오래 머무를 만큼 모자란 호리키가 아니었습니다.

저는 일어나 혼자 소주를 마시고 엉엉 소리 내어 울었습니다. 하염없이, 하염없이 눈물이 흘렀습니다.

언제 왔는지 등 뒤에 요시코가 잠두콩을 수북이 담은 그릇을 들고 오도카니 서 있었습니다.

"아무 짓도 안 한다고 하길래……."

"그만. 아무 말도 하지 마. 넌 사람을 의심하는 법을 몰랐던 거야. 앉아. 콩 먹자."

나란히 앉아 콩을 먹었습니다. 아아, 신뢰는 죄입니까? 상대 남자는 저에게 만화를 그리게 하고는 푼돈을 거들먹거리며 두고 가는 서른 전후의 무지하고 왜소한 상인이었습니다.

역시 그 상인은 그 후로 다시는 찾아오지 않았지만, 저는 어째서인지 그 상인에 대한 증오보다도 처음 발견한 바로 그때 큰 헛기침도 뭣도 하지 않은 채 저에게 알리기 위해 그대로 다시 옥상으로 되돌아온 호리키에 대한 증오와 분노가 잠들지 못하는 밤이면 뭉글뭉글 일어 끙끙거렸습니다.

용서하고 말 것도 없습니다. 요시코는 신뢰의 천재입니다. 사람을 의심하는 법을 몰랐던 겁니다. 하지만 그 때문에 일어난 비참함.

신에게 묻습니다. 신뢰는 죄입니까.

요시코가 더럽혀졌다는 사실보다 요시코의 신뢰가 더럽혀졌다는 사실이 저에게는 오래도록 살아갈 수 없을 만큼 고뇌의 씨앗이 되었습니다. 저처럼 불쾌하게 우물쭈물 남의 낯빛만 살피고 남을 신뢰하는 능력에 금이 가버린 놈에게는 요시코의 무구한 신뢰심이야말로 아오바폭포처럼 시원시원하게 느껴졌습니다. 그런데 그것이 하룻밤 만에 누런 구정물로 바뀌고 말았습니다. 보십시오, 요시코는 그날 밤부터 제가 짓는 표정까지 일일이 눈치를 보게 되었습니다.

"이봐" 하고 부르면 움찔하며 눈을 둘 곳을 몰라 주춤댑니다. 제가 웃겨보려고 아무리 우스운 소리를 해도 안절부절, 흠칫흠칫, 저에게 지나친 존댓말마저 쓰게 되었습니다.

과연 무구한 신뢰심은 죄의 원천입니까.

저는 유부녀가 능욕당한 이야기책을 이것저것 찾아 읽어보았습니다. 하지만 요시코만큼 비참하게 능욕당한 여자는 한 사람도 없었습니다. 근본적으로 이것은 애초에 이야깃거리도 아무것도 안 됩니다. 그 왜소한 상인 놈과 요시코 사이에 조금이라도 사랑 비슷한 감정이 있었더라면 차라리 제 마음이 편했을지도 모르겠습니다. 하지만 여름날 단 하룻밤, 요시코가 신뢰해서 그것으로 끝, 게다가 그 때문에 제 미간은 정통으로 갈라지고 목은 쉬고 머리는 세기 시작하고 요시코는 평생 안절부절못하게 되었습니다. 대부분의 이야기는 그 아내의 '행위'를 남편이 용서하느냐 마느냐, 거기에 중점을 두고 있었는데 그건 저에게 그렇게까지 괴로운 문제가 아닌 것처럼 느껴졌습니다. 용서한다, 용서하지 않는다, 그런 권리를 가진 남편이야말로 운이 좋은 거다, 도저히 용서할 수 없다면 그렇게 난리 칠 것도 없이 얼른 아내와 헤어지고 새 아내를 맞이하면 될 일이고, 그게 어렵다면 '용서하고' 감내하고 살 수밖에, 어느 쪽이건 남편 마음 하나로 사방팔방 모난 부분 없이 둥글게 해결되는 게 아닌가 하는 생각마저 들었습니다. 즉, 그런 사건은 남편에게 큰 충격은 될지언정, 그건 어디까지나 '충격'일 뿐 끊임없이 밀려오고 밀려가는 파도와 달리 권리가 있는 남편의 분노로 어떻게든 처리될 수 있는 문제로 여겨졌던 겁니다. 하지만 우리 경우는 남편에게 아무런 권리도 없거니와 돌이켜보면 죄다 제 탓인 것만 같아 다그치기는커녕 꾸중 한마디 못 하고, 또 그 아내는 타고난 남다른 고운 성품 탓에 능욕당했습니다. 더구나 그 고운 성품은 남편이 오래전부터 동경해온 무구한 신뢰심이라는 더없이 가련한 것이었습니다.

무구한 신뢰심은 죄가 됩니까.

유일하게 의지했던 고운 성품마저 의심하게 된 저는 대체 뭐가 뭔지 알 도리가 없어 기댈 곳이라고는 오로지 알코올뿐이었습니다. 제 얼굴은 극도로 비루해지고 아침부터 소주를 마시고 이가 흐슬부슬 빠지고 만화도 거의 외설스러운 것만 그리게 되었습니다. 아닙니다, 분명하게 말하겠습니다. 저는 그 무렵부터 춘화를 베껴 몰래 팔았습니다. 소주 살 돈이 필요했습니다. 제 시선을 피해 안절부절못하는 요시코를 보면, 이 녀석은 도통 경계란 걸 모르는 여자였는데 그 상인 놈과 한 번뿐이었을까? 그럼 호리키는? 아니지, 어쩌면 내가 모르는 놈들과도? 하며 의혹은 의혹을 낳았습니다. 하지만 그렇다고 눈 딱 감고 추궁할 용기도 나지 않아서 예의 그 불안과 공포에 이리저리 몸부림치는 심정으로 그저 소주를 마시고 그 취기에 힘입어 비굴한 유도 신문 따위를 벌벌 떨면서 간신히 시도하곤 했습니다. 속으로는 한심하게 일희일비하는 주제에 겉으로는 온갖 광대 짓을 다 벌였고, 그러고는 요시코에게 혐오스러운 지옥의 애무를 가하는 사이 정신없이 곯아떨어졌습니다.

그해 연말, 저는 만취 상태로 밤늦게 귀가했습니다. 설탕물이 마시고 싶어 살펴보니 요시코는 푹 잠들어 있었고, 하는 수 없이 부엌에서 설탕 단지를 찾아 뚜껑을 열었는데 설탕은 없고 까맣고 기다란 작은 종이상자만 들어 있었습니다. 무심코 집어 들었다가 상자에 붙어 있는 라벨을 보고 아연실색했습니다. 그 라벨은 손톱으로 긁어 절반 이상 벗겨져 있었지만 알파벳 부분은 또렷이 남아 있었습니다. DIAL.

디알. 저는 그 무렵 한창 소주만 마셔댔던 터라 수면제를 복용하지는 않았지만, 불면은 저의 지병 같은 거라 웬만한 수면제는 흰히 꿰고 있었습니다. 디알, 이 상자 한 통이면 치사량이 되고도 남습니다. 아직 상자를 뜯지는 않았지만 언젠가는 일을 낼 작정으로 이런 곳에, 더군다나 라벨까지 긁어내 숨겨둔 게 틀림없습니다. 가엾게도, 그 아이는 라벨의 알파벳을 읽지 못해 손톱으로 절반쯤 떼어내고는 충분하다고 생각했을 겁니다(너에게 죄는 없다).

저는 소리 나지 않게 조심조심 컵에 물을 채우고 천천히 상자를 뜯어 전부, 한 번에 입 안 가득 털어 넣고는 컵에 채워둔 물을 차분히 다 마신 뒤 전등을 끄고 그대로 잤습니다.

사흘 밤낮을 죽은 듯이 누워 있었다고 합니다. 의사는 과실로 간주하고 경찰 신고를 미뤄주었다고 합니다. 깨어나기 하루전날 밤 잠결에 중얼거린 잠꼬대는 집으로 돌아갈래, 라는 말이었다고 합니다. 집이라는 게 어디를 가리키고 한 말인지 당사자인 저도 잘 모르겠지만, 어쨌든 그렇게 말하고는 서럽게 흐느꼈다고 합니다.

차차 안개가 걷히고 눈을 떠보니 머리맡에 넙치가 몹시 언짢은 얼굴로 앉아 있었습니다.

"요전에도 연말이었지요. 서로 눈이 돌아갈 지경으로 바빠 죽겠건만 꼭 노리듯이 연말에 이런 일을 벌인다니까요. 제 명이 더 줄 것 같습니다."

넙치의 얘기를 듣고 있는 사람은 교바시 바의 마담이었습니다.

"마담."

저는 불렀습니다.

"응, 뭐? 정신이 좀 들어?"

마담은 자기의 웃는 얼굴을 제 얼굴 위에 포개듯 말했습니다.

저는 굵은 눈물방울을 뚝뚝 떨어뜨렸습니다.

"요시코와 헤어지게 해줘."

저조차도 생각지 못한 말이 새어 나왔습니다.

마담은 몸을 일으켜 가느스름한 한숨을 내쉬었습니다.

그리고 저는 이것 또한 실로 생각지 못한, 익살이라고도 멍청하다고도 형용하기 어려운 실언을 했습니다.

"난 여자가 없는 곳으로 갈 거야."

우하하하, 하고 제일 먼저 넙치가 목청껏 웃자 마담도 쿡쿡 웃기 시작했습니다. 저도 눈물을 흘리며 벌게진 얼굴로 쓴웃음을 지었습니다.

"응, 그게 좋겠군."

넙치는 언제까지고 칠칠치 못하게 웃으면서 말했습니다.

"여자가 없는 곳으로 가는 게 낫지. 여자가 있으면 아무래도 안 되겠어. 여자가 없는 곳이라니, 기발한 생각입니다."

여자가 없는 곳. 하지만 저의 이 멍청한 잠꼬대 같은 말은 훗날 아주 처참하게 실현되었습니다. 요시코는 마치 제가 자기 대신 독약이라도 먹었다고 생각하는지 이전보다 한층 더 제 앞에서 안절부절못했고, 제가 어떤 말을 해도 웃지 않고 말조차 제대로 못 하는 지경에 이르렀습니다. 저도 집에만 있으려니 성가셔서 밖으로 나와 변함없이 값싼 술을 퍼마시게 되었습니다. 그러나 그 디알 사건 이후, 제 몸은 현저히 바싹 말라가고 팔다리도 나른해져 만화 그리는 일도 게을리하게 되었습니다. 넙치가 병문안을 왔을 때 놓고 간 돈(넙치는 그걸 시부타 마음입니다, 하고 말하며 마치 자기 주머니에서 나온 돈인 양 내밀었지만, 그것도 고향 형들이 보낸 돈 같았습니다. 저도 그 무렵엔 넙치네 집에서 도망쳐 나오던 때와는 달리 넙치의 그런 거들먹거리는 연기를 어렴풋이나마 꿰뚫을 수 있던 터라 저도 똑같이 능글맞게 전혀 눈치채지 못한 척 고분고분 넙치에게 감사 인사를 건넸습니다. 하지만 넙치들이 왜 그런 복잡한 속임수를 쓰는지 알 것도 같고 모를 것도 같고 아무래도 의아한 느낌이 들어 견딜 수 없었습니다), 그 돈으로 과감하게 혼자서 미나미이즈의 온천으로 훌쩍 떠나 보기도 했지만, 도저히 태평하게 온천 순례를 할 분수도 아니거니와 요시코를 떠올리면 쓸쓸하기 그지없었습니다. 숙소 방에서 산을 바라보는 유유자적한 심경과도 거리가 멀었기에 솜을 넣은 겨울용 잠옷으로 갈아입지도 않고 온천에도 들어가지 않고 바깥으로 뛰쳐나와서는 너절한 찻집 같은 곳에 들어가 소주를, 그야말로 들이붓듯이 마시다 되레 몸만 더 나빠진 채 도쿄로 돌아왔습니다.

도쿄에 큰 눈이 내린 밤이었습니다. 저는 거나하게 취해서는 긴자 뒷골목을 누비며 여기는 고향 땅에서 몇백 리 인가, 여기는 고향 땅에서 몇백 리인가('전우'라는 군가 가사-역주), 하고 맥없는 소리로 끊임없이 읊조리듯 흥얼거리며 여전히 쌓이고 있는 눈을 구두 앞코로 차면서 저벅저벅 걷다가 갑자기 토했습니다. 첫 각혈이었습니다. 눈 위에 큼직한 일장기가 나타났습니다. 저는 한동안 웅크린 채 더럽혀지지 않은 곳의 눈을 두 손으로 퍼 올려 얼굴을 씻어내면서 울었습니다.

여기는 어디로 가는 샛길인가요?

여기는 어디로 가는 샛길인가요(에도 시대부터 내려온 전래 동요 '지나가시오'의 가사. 일본의 건널목 보행자 신호음으로도 친숙한 멜로디다-역주)?

가엾은 계집아이의 노랫소리가 환청처럼 멀리서 가느다랗게 들려옵니다. 불행. 이 세상에는 가지가지 불행한 사람이, 아니, 불행한 사람들뿐이라 해도 과언이 아니겠지만, 그러나 그 사람들의 불행은 소위 세상을 향해 당당히 항의할 수 있고 또 '세상'도 그 사람들의 항의를 쉽게 이해하고 동정해줍니다. 하지만 저의 불행은 모두 저의 죄악에서 비롯된 것이어서 그 누구에게도 항의할 길이 없거니와 머뭇머뭇 한마디라도 항의 비슷한 말을 꺼낼라치면 넙치뿐 아니라 세상 사람들 모두가 잘도 그런 말을 지껄인다고 어처구니없어할 게 분명합니다. 그래서 저는 도대체가 속된 말로 '제멋대로인 놈'인지, 혹은 그 반대로 마음이 너무 약한 건지, 저도 뭐가 뭔지 잘 모르겠지만 아무튼 죄악 덩어리인 것만 같아 자신을 끝도 없이 불행에 빠뜨릴 뿐 막아낼 구체적인 대책이 없습니다.

저는 일어나 우선 적당한 약이라도 구해야겠다는 생각에 근처 약국으로 들어갔습니다. 그곳 부인과 얼굴을 마주친 순간 부인은 플래시 세례라도 받은 것처럼 고개를 들고 눈을 동그랗게 뜨더니 그 자리에 얼어붙었습니다. 그 동그랗게 뜬 눈에는 경악의 빛도 혐오의 빛도 없이 거의 구원을 바라는 듯한, 연모하는 듯한 빛이 드리워져 있었습니다. 아아, 이 사람도 분명 불행한 사람이구나, 불행한 사람은 남의 불행에도 민감한 법이니까, 그런 생각을 하고 있는데 뜻밖에 그 부인이 목발을 짚고 위태롭게 서 있다는 것을 깨달았습니다. 당장이라도 곁으로 달려가고 싶은 충동을 억누르고 여전히 그 부인과 얼굴을 마주하는 사이에 눈물이 흘렀습니다. 그러자 부인의 커다란 눈에서도 눈물이 그렁그렁 흘러넘쳤습니다.

단지 그것뿐, 아무 말도 나누지 않고 저는 그 약국을 나와 비틀대며 집으로 돌아와 요시코에게 소금물을 타 달래서 마시고 조용히 잠자리에 들었습니다. 다음 날도 감기 기운이 있다며 거짓말을 하고 종일 누워 지내다 밤이 되어서야 숨기고 있는 각혈이 아무래도 불안해 대뜸 일어나 그 약국으로 향했습니다. 이번에는 웃으면서 부인에게 실로 솔직하게 지금까지의 몸 상태를 고백하고 상담했습니다.

"술을 끊으셔야 합니다."

우리는 가족 같았습니다.

"알코올 중독일지도 모르겠습니다. 지금도 마시고 싶거든요."

"안 돼요. 우리 남편도 결핵인 주제에 균을 술로 죽인다나 뭐라나 하면서 허구한 날 술만 마시다 제명을 재촉했어요."

"불안해서 안 되겠어요. 무서워서, 도저히 못 버티겠어요."

"약을 드릴게요. 술만큼은 끊으세요."

부인(과부로 하나 있는 아들은 지바인가 어딘가 하는 의대에 입학했는데 곧 아버지와 같은 병에 걸려 결국 휴학한 후 입원 중이며, 집에는 중풍에 걸린 시아버지가 몸져누워 있고, 부인은 댓 살 때 소아마비로 한쪽 다리를 전혀 못 쓰게 되었습니다)은 목발을 콕콕 짚으면서 저를 위해 저쪽 선반, 이쪽 서랍 분주히 움직이며 약물을 두루 모았습니다.

이건 조혈제.

이건 비타민 주사액. 주사기는, 이것.

이건 칼슘 정제. 위를 상하지 않게 해주는, 디아스타아제.

이건 뭐, 이건 뭐, 하면서 대여섯 가지 약물에 대해 애정 어린 설명을 해주었지만, 이 불행한 부인의 애정 또한 저에게는 너무 깊었습니다. 마지막으로 부인이 이건 무슨 수를 써도, 아무리 참아도 술을 마시고 싶어서 견딜 수 없을 때 먹는 약이라며 재빨리 종이에 싼 작은 상자.

모르핀 주사액이었습니다.

술보다는 해롭지 않을 거라는 부인의 말을 믿었고, 또 하나는 술에 취한 것도 불결하게 느껴지는 참인 데다, 오랜만에 알코올이라는 사탄에서 벗어날 수 있다는 기쁨도 더해져 아무런 주저 없이 저는 제 팔에 모르핀을 주사했습니다. 불안도 초조감도 수줍음도 말끔히 사라지면서 저는 아주 쾌활한 달변가가 되었습니다. 그리고 그 주사를 놓으면 몸이 쇠약하다는 사실도 잊은 채 열심히 만화를 그리게 되었고, 그리면서도 웃음이 터져 나올 정도로 기묘한 취향의 그림이 생겨났습니다.

하루에 한 번만 맞으려던 것이 두 번이 되고 네 번이 되었을 때, 저는 이미 그 주사 없이는 그림을 그릴 수 없는 상태에 빠졌습니다.

"안 돼요, 중독되면 정말이지 큰일 나요."

약국 부인에게 그런 말을 들으니 저는 이미 심각한 중독환자가 된 것만 같아(저는 타인이 거는 암시에 정말이지 간단히 걸려드는 사람입니다. 이 돈은 쓰면 안 돼, 라는 말 뒤에 너라서 영 불안하네, 라고 한마디 더 보태면 어쩐지 쓰지 않으면 기대를 저버릴 것 같다는 이상한 착각이 들어서 곧바로 그 돈을 써버리곤 했습니다) 그 중독에 대한 불안 때문에 오히려 약물을 더 많이 구하게 되었습니다.

"이렇게 부탁할게요! 한 상자만 더. 계산은 월말에 꼭 할 테니."

"계산이야 뭐, 언제 해도 상관없는데 경찰들이 워낙 시끄러워서요."

아아, 제 주위에는 뭔가 탁하고 어둡고 수상쩍은 음지 인간의 기척이 항상 떠나지 않습니다.

"어떻게 잘 좀 둘러대봐요. 부탁합니다, 부인. 키스해줄게요."

부인은 얼굴을 붉힙니다.

저는 그 기회를 놓치지 않습니다.

"약이 없으면 도대체가 일이 진행이 안 돼요. 나한테는 그게 강장제 같은 거라서."

"그럼 차라리 호르몬 주사가 낫겠어요."

"날 우습게 보는 건가요? 술이든 그 약이든 둘 중 하나가 아니면 일을 못 한다니까."

"술은 안 돼요."

"그렇죠? 나는요, 그 약을 쓰기 시작하면서 술은 입에도 안 댔어요. 덕분에 몸 상태가 아주 좋아요. 난들 언제까지고 시원찮은 만화만 그리고 싶겠습니까? 앞으로 술도 끊고 몸도 건강하게 만들고 공부도 해서 반드시 훌륭한 화가가 될 겁니다. 지금이 중요한 시기예요. 그러니까, 네? 부탁해요. 키스해줄까요?"

부인이 웃음을 터뜨렸습니다.

"참 난처하네. 중독돼도 몰라요."

콕콕 목발 소리를 내며 그 약물을 선반에서 꺼냈습니다.

"한 상자 다 줄 수는 없어요. 대번에 다 써버릴 게 뻔하니. 반만 가져가요."

"손이 작네, 뭐, 어쩔 수 없지."

집으로 돌아오자마자 바로 한 대를 놓았습니다.

"아프지 않나요?"

요시코가 안절부절 묻습니다.

"그야 아프지. 그래도 일의 능률을 높이기 위해서는 싫어도 이걸 맞아야 해. 나 요즘 엄청 건강하지 않아? 자, 일하자. 일, 일."

신이 나서 떠들어댔습니다.

달밤에 약국 문을 두드린 적도 있었습니다. 잠옷 차림으로 콕콕 목발을 짚고 나온 부인을 와락 껴안아 키스하고는 우는 시늉을 했습니다.

부인은 암말 없이 저에게 한 상자를 건넸습니다.

약물 또한 소주처럼, 아니 그 이상으로 혐오스럽고 불결한 것이라고 절실히 깨달았을 때, 이미 저는 완전한 중독환자가 되어 있었습니다. 정말이지 뻔뻔함이 극에 달했습니다. 저는 그 약물을 구하고 싶다는 생각에 또다시 춘화를 베껴 그리기 시작했고, 약국의 다리가 불편한 그 부인과 글자 그대로 추잡한 관계까지 맺었습니다.

죽고 싶다, 차라리 죽고 싶다, 이제는 돌이킬 수 없다, 어떤 짓을 해도, 무슨 수를 써도, 나빠질 뿐이다, 거듭 부끄러움을 당할 뿐이다, 자전거를 타고 아오바폭포에 가는 일 따위 나는 바래서도 안 된다, 단지 추잡한 죄에 야비한 죄가 더해져 고뇌만 점점 커지고 강렬해질 뿐이다, 죽고 싶다, 죽어야만 한다, 살아 있는 것이 죄의 씨앗이다, 라는 막다른 생각에 빠져 있으면서도 역시나 집과 약국 사이를 반미치광이 꼴로 오갈 뿐이었습니다.

아무리 그림을 그려본들 그만큼 약 사용량도 늘다 보니 밀린 약값이 무서울 정도로 불어났습니다. 부인은 제 얼굴을 보면 눈

시울을 붉혔고, 저도 눈물을 흘렸습니다.

지옥.

이 지옥에서 벗어나기 위한 최후의 수단, 이게 실패한다면 남은 거라곤 목을 매는 일뿐이다, 하고 신의 존재를 내걸 정도의 결의를 다지고 고향에 있는 아버지 앞으로 장문의 편지를 써서 저의 사정을 조목조목(여자에 관해서는 아무래도 쓸 수 없었습니다만) 고백하기로 했습니다.

하지만 결과는 되레 나빠져 목을 길게 빼고 기다려도 아무런 기별이 없었고 저는 그 초조함과 불안감으로 오히려 약의 양을 늘리고 말았습니다.

오늘 밤 열 대를 한꺼번에 맞고 스미다강에 뛰어들자, 남몰래 각오를 다진 그날 오후, 넙치가 악마의 직감으로 냄새를 맡은 것처럼 호리키를 데리고 나타났습니다.

"너 각혈했다면서?"

호리키는 제 앞에 양반다리를 하고 앉아 그렇게 말하며, 지금껏 본 적 없는 상냥한 미소를 지었습니다. 그 상냥한 미소가 고맙고 기뻐서 저는 그만 고개를 돌려 눈물을 흘렸습니다. 그렇게 그의 상냥한 미소 하나로 저는 산산이 부서진 채 매장당하고 말았습니다.

저는 차에 태워졌습니다. 일단 입원해야 한다, 나머지는 우리한테 맡겨라, 하고 넙치도 숙연한 말투로(그것은 자애롭다고 형용하고 싶을 만큼 차분한 말투였습니다) 저에게 권했고, 저는 의지도 판단도 아무것도 없는 사람처럼 그저 훌쩍훌쩍 울면서 고분고분 두 사람 지시에 따랐습니다. 요시코를 포함한 우리 넷은 한참을 차 안에서 흔들리다 저녁 거미가 내릴 무렵에야 숲속에 있는 큰 병원 현관에 도착했습니다.

요양원인 줄만 알았습니다.

젊은 의사는 유난히 온화하고 정중하게 진찰했습니다.

"자, 당분간 여기서 요양하시죠."

마치 수줍은 듯 미소 지으며 말했고, 넙치와 호리키와 요시코는 저 혼자만 두고 돌아가기로 했습니다. 요시코는 갈아입을 옷을 싸 온 보따리를 저에게 건네고는 말없이 오비 사이에서 주사기와 쓰다 남은 그 약물을 내밀었습니다. 역시 강장제라고만 여겼던 것 같습니다.

"아니, 이제 필요 없어."

참 신기한 일이었습니다. 누군가의 권유를 거부한 적은 제 인생에서 그때 단 한 번뿐이었다고 해도 과언이 아닙니다. 저의 불행은 거부하는 능력이 없는 자의 불행이었습니다. 누군가의 권유를 거부하면 상대의 마음에도 제 마음에도 영원히 보수할 수 없는 금이 쩍 하고 적나라하게 갈라질 듯한 공포감에 시달렸습니다. 하지만 저는 그때 그토록 반미치광이처럼 찾던 모르핀을 아주 자연스럽게 거부했습니다. 요시코의 이른바 '신 같은 무구한 무지함'에 직격탄을 맞은 걸까요. 저는 어쩌면 그 순간, 이미 중독에서 벗어난 게 아니었을까요.

하지만 저는 곧 그 수줍은 미소를 짓는 젊은 의사의 안내로 어느 병동에 들어가게 되었고, 철컥 열쇠가 채워졌습니다. 정신 병원이었습니다.

여자가 없는 곳으로 가겠노라, 하고 그 디알을 먹었을 때 제가 뱉은 어리석은 실언이 참 기묘한 형태로 실현된 셈입니다. 그 병동에는 남자 미치광이들뿐, 간호사도 남자였고 여자는 단 한 명도 없었습니다.

이제 저는 죄인은 고사하고 미치광이였습니다. 아닙니다, 저는 절대 미치지 않았습니다. 한순간도 미쳤던 적은 없습니다. 그러나 아아, 미치광이는 다들 그렇게 말한다고 합니다. 즉 이 병원에 들어온 사람은 정신 이상자, 들어오지 않은 사람은 정상인이 되는 모양입니다.

신에게 묻습니다. 무저항은 죄입니까.

호리키의 그 불가사의한 아름다운 미소에 저는 울었고, 판단도 저항도 잊은 채 차에 올라타 이곳으로 끌려와서는 미치광이가 되었습니다. 곧 여기서 나가더라도 저는 역시 미치광이, 아니, 폐인이라는 각인이 이마에 찍히게 될 겁니다.

인간, 실격.

이제 저는 완전히 인간이 아니게 되었습니다.

이곳에 온 건 초여름 무렵으로, 쇠창살이 끼워진 창 너머로는 병원 정원의 작은 연못 위에 피어 있는 빨간 수련꽃이 보였습니다. 그로부터 석 달이 지나 정원에 코스모스가 피기 시작하

자 뜻밖에도 고향에 있는 큰형이 넙치와 함께 저를 데리러 와서
는 아버지가 지난달 말에 위궤양으로 돌아가셨다고 전했습니다.
우리는 이제 네 과거는 따지지 않겠다, 먹고살 걱정도 하지 마라,
아무것도 하지 않아도 된다, 그 대신 이런저런 미련은 남겠지만
당장 도쿄를 떠나 시골에서 요양생활을 시작했으면 한다, 네가
도쿄에서 저지른 일의 뒤처리는 거의 시부타가 마무리했으니 그
건 신경 쓰지 않아도 된다, 하고 한결같이 진중하고 긴장한 듯한
투로 말했습니다.

고향 산천초목이 눈앞에 보이는 듯해 저는 희미하게 고개를
끄덕였습니다.

그야말로 폐인.

아버지가 돌아가셨다는 걸 알고부터 저는 더욱더 넋 나간 사
람이 되었습니다. 아버지가 이제 없다, 가슴속에서 한시도 떠나
지 않았던 그 그립고도 두려운 존재가 이제 없다, 저의 고뇌 단
지가 텅 비어버린 듯했습니다. 저의 고뇌 단지가 유난히 무거웠
던 것도 아버지 때문이었을까, 하는 생각마저 들었습니다. 완전
히 맥이 풀렸습니다. 고뇌할 능력마저 상실했습니다.

큰형은 저에게 한 약속을 정확히 이행해주었습니다. 제가 나
고 자란 마을에서 기차로 네다섯 시간 남쪽으로 내려간 곳에
도호쿠 지방치고는 드물게 따뜻한 바닷가 온천 마을이 있었습
니다. 그 마을에서 뚝 떨어진 곳에 방은 다섯 칸이나 되지만 오
래된 집인지 벽이 헐려 무너지고 기둥은 벌레가 먹어 감히 뜯어

고칠 엄두도 안 나는 구지레한 떳집을 사들여 저에게 주고, 예순 가까이 되는 빨간 머리칼의 추한 하녀 한 명을 붙여주었습니다.

그 후 삼 년 하고도 얼마간의 시간이 지나는 동안 저는 데쓰라는 늙은 하녀에게 누차 이상한 방식으로 능욕당했습니다. 때때로 부부싸움 비슷한 것도 하게 됐고 가슴의 병은 일진일퇴, 살이 빠졌다가 쪘다가, 혈담이 나올 때도 있었습니다. 어제는 데쓰더러 칼모틴을 사 오라고 마을 약국으로 심부름을 보냈더니 늘 보던 상자와 다른 모양의 칼모틴을 사 왔습니다. 별생각 없이 자기 전에 열 알쯤을 먹었는데도 도통 잠이 오지 않아 의아하게 여기던 차에 배 상태가 이상해져 서둘러 변소로 내달렸더니 맹렬한 속도로 설사를 했고, 그 후로 연거푸 세 번이나 변소를 들락거렸습니다. 아무래도 이상하다 싶어 약상자를 살펴보니, 그것은 헤노모틴이라는 설사약이었습니다.

저는 잠자리에 드러누워 배에 보온 물주머니를 올리며 데쓰에게 잔소리를 해주겠노라, 생각했습니다.

"이봐, 이건 칼모틴이 아니라고. 헤노모틴이라는."

말하는 도중에 으흐흐흐 웃어버렸습니다. '폐인'은 아무래도 희극 명사인 듯합니다. 자기 위해 설사약을 먹다니, 게다가 설사약 이름이 헤노모틴이라니(헤노모틴은 일본어 발음으로 '헤노모친'인데 이를 '방귀를 뀔 수 없다'쯤으로 해석할 수 있다-역주).

지금 저에게는 행복도 불행도 없습니다.

다만 모든 것은 지나갑니다.

제가 지금껏 아비규환으로 살다시피 한, 소위 '인간' 세상에서 단 하나 진리처럼 느껴진 건 그것뿐입니다.

다만 모든 것은 지나갑니다.

저는 올해로 스물일곱이 됩니다. 흰머리가 부쩍 늘어 사람들 대부분은 저를 마흔 이상으로 봅니다.

후기

　이 수기를 엮은 미치광이를 나는 직접적으로 알지 못한다. 하지만 이 수기에 등장하는 교바시의 스탠드바 마담으로 짐작되는 인물이라면 조금 알고 있다. 아담하고 안색이 좋지 않고 가느다란 눈매가 치켜 올라가 있고 코가 높은, 미인이라기보다는 잘생긴 청년이라고 하는 편이 좋을 정도로 딱딱한 느낌이 드는 사람이다. 이 수기에는 주로 1930년부터 1932년까지로 추정되는 도쿄 풍경이 묘사되어 있는데, 내가 그 교바시에 있는 스탠드바에 친구를 따라 두세 번 들러 하이볼을 마신 게 일본 '군부'가 슬슬 노골적으로 날뛰기 시작한 1935년 전후였으니 이 수기를 쓴 남자와는 만날 수 없었다.

　올 2월, 나는 지바현 후나바시로 피난을 간 한 친구를 찾아 갔다. 그 친구는 대학 시절의 학우로, 지금은 모 여대에서 강사로 일하고 있는데, 사실 나는 이 친구에게 우리 집안 사람의 혼담을 부탁해놓은 터라 그 일도 볼 겸 우리 가족에게 신선한 해산물이라도 사서 먹일 겸, 겸사겸사 배낭을 메고 후나바시로 나섰다.

후나바시는 갯벌이 펼쳐진 바다를 낀 제법 큰 도시였다. 새 주민이라 그런지 친구의 집은 그 토지 사람들에게 번지수를 대며 물어도 잘 알지 못했다. 추운 데다 배낭을 멘 어깨까지 욱신욱신 저려와 나는 레코드의 바이올린 선율에 이끌려 어느 찻집의 문을 밀었다.

그곳 마담이 어쩐지 낯이 익어 물었더니 바로 십 년 전 그 교바시 작은 바의 마담이었다. 마담도 나를 바로 기억해내 서로 요란하게 놀라고 한바탕 웃고는, 이럴 때 흔히들 그러하듯 공습 때 번진 불로 집을 잃은 경험담을 누가 묻지도 않았는데 서로 자랑처럼 늘어놓았다.

"마담은 그나저나 그대로군요."

"말은 고맙지만, 누가 봐도 할머니예요. 온몸이 삐걱거린답니다. 당신이야말로 그대론데."

"그럴 리가요, 애가 벌써 셋인걸요. 오늘은 그 녀석들 먹일 것 좀 사 가려고요."

이번에도 오랜만에 만난 사람들끼리 주고받는 뻔한 인사를 나누고, 공통분모인 지인들의 최근 소식을 묻거니 답하거니 하는 동안 문득 마담이 말투를 바꾸더니 "당신은 요조를 알고 있던가요?" 하고 물었다. 모른다고 답하자 마담은 안쪽으로 들어가서 세 권의 노트와 석 장의 사진을 들고 와서 내게 건네며 "소설 소재가 될 것도 같아서"라고 말했다.

　나는 남이 건네는 소재로는 글을 쓸 수 없는 성격인지라 바로 그 자리에서 돌려주려 했지만(석 장의 사진, 그 기괴함에 대해서는 이미 서문에 썼다) 그 사진이 눈에 밟혀 일단 노트를 맡기로 했다. 돌아가는 길에 또 들르겠다, 근데 아무 동 아무 번지의 아무개 씨라는 여대 선생 집을 아느냐 물었더니 두 사람은 새 주민 동지여서 그런지 알고 있었다. 가끔 이 찻집에도 얼굴을 비춘다나. 바로 근처였다.

　그날 밤, 친구와 가볍게 술을 주고받다 하룻밤 묵어가기로 한 나는 아침까지 한숨도 못 자고 그 노트를 탐독했다.

　수기에 쓰인 내용은 오래된 이야기지만 요즘 사람들이 읽어도 분명 흥미를 느낄 것 같았다. 섣불리 내 글을 보태는 것보다 이건 이대로 어디 잡지사에 부탁해 발표하는 편이 훨씬 의미 있겠다 싶었다.

　아이들에게 줄 선물용 해산물은 건어물뿐. 나는 배낭을 짊어지고 친구 집을 나와 다시 그 찻집에 들렀다.

　"어제는 감사했어요. 그런데……."

　나는 바로 본론을 꺼냈다.

　"이 노트 좀 당분간 빌려도 될까요?"

　"네, 얼마든지요."

　"이 사람은 아직 살아 있습니까?"

"글쎄요, 그걸 당최 모르겠어요. 십 년 전쯤에 교바시 가게 앞으로 그 노트랑 사진이 든 소포가 왔어요. 보낸 사람은 요조가 확실한데 소포에 주소는 물론 이름조차 적혀 있지 않더라고요. 공습 때 다른 짐에 섞여 있어서 그런지 다행히 안 타고 남아 있었지요. 나는 요전에 다 읽어보고……."

"울었나요?"

"아니, 울기보다는…… 글렀지, 인간도 그렇게까지 되면 다 글렀지."

"그로부터 십 년, 그렇담 이미 세상을 떠났을지도 모르겠네요. 이건 당신에게 감사의 표시로 보냈겠지요. 조금 과장되게 쓴 듯한 부분도 있는 것 같지만, 그나저나 당신도 제법 피해를 본 것 같더군요. 만일 이게 다 사실이라면, 그리고 내가 이 사람 친구였다면 마찬가지로 정신 병원에 끌고 갔을 겁니다."

"그 사람 아버지가 나쁜 거예요."

마담이 무덤덤하게 말했다.

"우리가 아는 요조는 아주 순수하고 눈치가 빠르고 술만 마시지 않으면, 아니, 마셔도…… 하나님처럼 착한 아이였어."

작가 연보

1909년 아오모리현 쓰가루군 가네키무라에서 6월 19일에 태어나다.

1916년 가나키제일심상소학교에 입학하다.

1922년 4월에 소학교를 졸업하고 학력 보충을 위해 현지 4개 마을에서 조합으로 세운 메이지고등소학교에 다시 1년간 통학하다.

1923년 아오모리 현립 아오모리중학교에 입학하다.

1925년 습작《도요토미 히데요시의 최후》를 집필하면서 동인지를 발행하기 시작하고, 이때부터 동인지에 실을 소설, 희곡, 수필을 쓰며 작가를 꿈꾸다.

1927년 관립 히로사키고등학교에 입학하다. 이즈미 교카나 아쿠타가와 류노스케의 작품에 심취하다.

1928년 동인지《세포문예》를 발행하고 지면에 본명 '쓰시마 슈지'로 단편소설〈무간나락〉을 발표하다.

1929년 필명 고스게 긴키치, 본명 쓰시마 슈지로 글을 쓰면서 자신의 계급을 놓고 고민하다가 카르모틴 자살을 시도하다.

1930년 히로사키고등학교를 졸업하고 동경제국대학 문학부 불문학과에 입학하다. 소설가가 되고자 이부세 마스지의 문하생으로 들어가고, 이때부터 '다자이 오사무'라는 이름을 쓰다. 거듭된 유급, 수업

료 미납으로 대학에서 제적되다. 동거하던 18세의 술집 여급 다나베 시메코와 동반 투신자살을 기도, 혼자만 살아남다. 자살방조 혐의로 조사를 받고 기소유예 처분을 받다.

1933년 단편소설 〈열차〉를 《선데이 히가시오쿠》에 발표하고, 동인지 《해표》에 참가해 〈어복기〉를 발표하다.

1934년 문예지 《푸른 꽃》을 창간, 창간호로 폐간되다.

1935년 문예지 《문예》에 단편소설 〈역행〉을 발표하다. 제1회 아쿠다가와 상 후보로 〈역행〉이 오르나 수상에는 실패하다. 회심의 역작 〈다스 게마이네〉를 발표하다.

1936년 첫 단편집 《만년》을 간행하여 작가로 인정받다. 마약 중독으로 말미암아 정신 병원에 강제로 입원, 치료를 받다.

1937년 단편소설 〈허구의 봄〉, 〈20세기 기수〉를 발표하다. 내연녀 고야마 하쓰요와 카르모틴 자살을 시도하나 또다시 미수에 그치다.

1938년 스승 이부세의 중매로 고후시 출신의 이시하라 미치코와 결혼하다.

1940년 단편소설 〈달려라 메로스〉를 발표하다.

1943년 단편소설 〈후지산 백경〉을 발표하다.

1945년 단편소설 〈옛날이야기〉를 발표하다. 제2차 세계대전 일본 패전 뒤 사카구치 안고, 오다 사쿠노스케 등과 함께 '데카당스(퇴폐주의) 문학', '무뢰파 문학'의 중심 작가로 활약하다.

1946년 단편소설 〈친우교환〉을 발표하다.

1947년 단편소설 〈탕탕탕〉과 〈비용의 처〉, 장편소설 《사양》을 발표하다.

1948년 단편소설 〈앵두〉, 장편소설 《인간 실격》을 발표하다. 미완의 작품 〈굿바이〉를 남기고 6월 13일에 내연녀 야마자키 도미에와 도쿄 미타카의 다마강 수원지에 동반 투신, 서른아홉의 나이로 생을 마감하다.

인간 실격

초판 1쇄 발행 2023년 9월 22일
초판 5쇄 발행 2024년 7월 29일

지은이 다자이 오사무
옮긴이 임지인
펴낸이 이효원
편집인 송승민
마케팅 추미경
디자인 양미정(표지), 이수정(본문)
펴낸곳 올리버
출판등록 제395-2022-000125호
주소 경기도 고양시 덕양구 삼송로 222, 101동 305호(삼송동, 현대헤리엇)
전화 070-8279-7311　　**팩스** 02-6008-0834
전자우편 tcbook@naver.com

ISBN 979-11-93130-81-0 03830

* 값은 뒤표지에 있습니다.
* 잘못된 책은 구입하신 서점에서 바꾸어 드립니다.

* 도서출판 올리버는 탐나는책의 교양서 브랜드입니다.

올리버 세계교양전집 목록